suhrkamp taschenbuch 1837

Patrick Modiano wurde am 20. Juli 1947 geboren. Mit 19 Jahren veröffentlichte er seinen ersten Roman *La place de l'étoile*. Für den 1972 publizierten Roman *Les Boulevards de Ceinture* erhielt er den Großen Romanpreis der Académie Française und im Jahre 1978 für *Die Gasse der dunklen Läden* (Rue des Boutiques Obscures) den Prix Goncourt. Daneben schrieb er das Drehbuch für den Film *Lacombe Lucien* von Luis Malle. Im Suhrkamp Verlag erschien 1985 *Eine Jugend*. Roman, 1988 *Die Gasse der dunklen Läden. Roman* (st 1521) und *Villa Triste*. Roman (st 1584), und 1989 *Sonntage im August*. Roman und *Pariser Trilogie*. Drei Romane.

»La Varenne an der Marne und Nizza an der Côte d'Azur: so heißen die beiden Orte des Anfangs und des Endes einer kurzen Amour Fou, einer flüchtigen Geschichte des Verschwindens, die sich zwischen dem Fotografen und seiner Geliebten Sylvia, der Frau des windigen Schiebers Frédéric Villecourt, abspielt. Bei der Arbeit für seinen Bildband lernt der junge Fotograf in Varenne Sylvia kennen, die sehr bald mit ihrem Liebhaber die provinzielle Enge verläßt, um in Nizza die Möglichkeit eines neuen Lebens zu suchen. Ihr wichtigstes Gepäck ist ein Diamant, den sie ihrem Mann entwendet hat. Der Diamant heißt ›Kreuz des Südens‹. Das vorgeblich amerikanische Ehepaar Neal, dem das Liebespaar den Diamanten verkaufen will, fingiert sich in den schwer einsehbaren Lücken der Biographie eines amerikanischen Kosmetikherstellers eine Doppelexistenz, in deren Schutz es sich des Diamanten bemächtigen kann. Dabei verschwindet auch Sylvia, wie alle bisherigen Besitzer des ›Kreuz des Südens‹, auf ungeklärte Weise.« *Frankfurter Rundschau*

Patrick Modiano
Sonntage im August

Roman

Aus dem Französischen
von Andrea Spingler

Suhrkamp

Titel der Originalausgabe: *Dimanches d'août*
Umschlagfoto: Ernst Wrba

suhrkamp taschenbuch 1837
Erste Auflage 1991

Druck: Nomos Verlagsgesellschaft, Baden-Baden
Printed in Germany
Umschlag nach Entwürfen von
Willy Fleckhaus und Rolf Staudt

1 2 3 4 5 6 – 96 95 94 93 92 91

FÜR JACQUES ROBERT
FÜR MARC GRUNEBAUM

Sein Blick kreuzte schließlich den meinen. Es war in Nizza, am Anfang des Boulevard Gambetta. Er stand auf einer Art Podium vor einem Stand mit Lederjacken und Ledermänteln, und ich hatte mich in die erste Reihe der Gaffer geschoben, die zuhörten, wie er seine Ware anpries.

Bei meinem Anblick verlor er die Zungenfertigkeit des Straßenhändlers. Seine Redeweise wurde spröder, als wollte er zwischen seinen Zuhörern und sich eine Distanz herstellen und mir zu verstehen geben, daß dieser Beruf, den er da unter freiem Himmel ausübte, unter seiner Würde sei.

In sieben Jahren hatte er sich nicht sehr verändert: nur seine Gesichtsfarbe schien mir röter. Es wurde Abend, und mit den ersten Regentropfen fuhr ein Windstoß in die Avenue Gambetta. Neben mir probierte eine Frau mit blonden Locken einen Ledermantel an. Er beugte sich von seinem Podium zu ihr herab und beobachtete sie ermunternd:

– Er steht Ihnen wunderbar, Madame.

Die Stimme hatte immer noch den metallischen Klang, ein Metall, das inzwischen gerostet wäre. Schon verliefen sich die Gaffer wegen des Regens, und die Blonde zog den Mantel aus, den sie schüchtern an den Rand des Stands legte.

– Es ist eine echte Gelegenheit, Madame ... zum amerikanischen Preis ... Sie sollten ...

Doch ohne ihm die Zeit zu lassen fortzufahren,

wandte sie sich rasch ab und machte sich mit den anderen davon, als schämte sie sich, den obszönen Anträgen eines Passanten Gehör zu schenken.
Er stieg von seinem Podium herunter und ging auf mich zu.
– Welch angenehme Überraschung . . . Ich bin auf Draht . . . Ich habe Sie sofort erkannt . . .
Er schien verlegen, beinahe ängstlich. Ich hingegen fühlte mich ruhig und entspannt.
– Komisch, sich hier wiederzutreffen, was? sagte ich.
– Ja.
Er lächelte. Er hatte seine Sicherheit wiedergefunden. Ein Lieferwagen hielt auf unserer Höhe am Rand des Trottoirs, und ein Mann mit Lederjacke stieg aus.
– Du kannst das alles abbauen . . .
Dann sah er mir geradewegs in die Augen.
– Trinken wir etwas?
– Wenn Sie wollen.
– Ich gehe mit Monsieur etwas trinken, ins Forum. Hol mich in einer halben Stunde ab.
Der andere begann, die Ledermäntel und -jacken vom Stand in den Lieferwagen zu laden, während sich um uns her die Flut der Kunden aus den Türen des Kaufhauses an der Ecke der Rue de la Bouffa ergoß. Ein dünnes Klingeln kündigte den Ladenschluß an.
– Es geht . . . Es regnet schon fast nicht mehr . . .
Er trug eine sehr flache lederne Umhängetasche.
Wir überquerten den Boulevard und folgten der Promenade des Anglais. Das Café war ganz in der Nähe, neben dem Kino Le Forum. Er wählte einen Tisch an der Fensterfront und ließ sich auf die Bank fallen.

– Was gibt's Neues? sagte er. Sie sind an der Côte d'Azur?
Ich wollte ihm über seine Verlegenheit hinweghelfen:
– Komisch . . . Neulich habe ich Sie auf der Promenade des Anglais gesehen . . .
– Sie hätten mir guten Tag sagen sollen.
Seine massive Gestalt auf der Promenade und diese lederne Umhängetasche, wie sie gewisse Männer um die Fünfzig auf zu eng taillierten Jacketts zur Schau tragen, in der Absicht, eine jugendliche Figur zu behalten . . .
– Ich arbeite seit einiger Zeit in der Gegend . . . Ich versuche Lagerbestände an Lederbekleidung abzusetzen . . .
– Läuft's?
– So lala. Und Sie?
– Ich arbeite auch in der Gegend, sagte ich. Nichts Interessantes . . .
Draußen gingen nach und nach die großen Laternen der Promenade an. Zunächst eine violette, zitternde Helligkeit, die ein bloßer Windstoß auszublasen drohte wie eine Kerzenflamme. Doch nein. Innerhalb eines Augenblicks wurde dieses schwankende Licht weiß und hart.
– Dann arbeiten wir in der gleichen Ecke, sagte er. Ich wohne in Antibes. Aber ich fahre viel herum . . .
Seine Ledertasche ließ sich auf die gleiche Art öffnen wie eine Schulmappe. Er zog ein Päckchen Zigaretten heraus.
– Sind Sie nie mehr im Val-de-Marne? fragte ich.
– Nein, das ist vorbei.

Es gab einen Moment der Verlegenheit zwischen uns.
– Und Sie? fragte er mich. Sind Sie dorthin zurückgegangen?
– Nie.
Der bloße Gedanke, mich wieder an der Marne zu befinden, ließ mich schaudern. Ich warf einen Blick auf die Promenade des Anglais, den orangeroten Himmel, der düster wurde, und das Meer. Ja, ich war wirklich in Nizza. Ich mußte einen Seufzer der Erleichterung ausstoßen.
– Ich möchte um nichts in der Welt in diese Gegend zurück, sagte ich zu ihm.
– Ich auch nicht.
Der Kellner stellte den Orangensaft, den Cognac mit Wasser und die Gläser auf den Tisch. Beide hefteten wir unsere Blicke noch auf die kleinste seiner Gebärden, als wollten wir so lange wie möglich den Augenblick hinausschieben, in dem wir die Unterhaltung wiederaufnehmen mußten. Er brach schließlich das Schweigen.
– Ich möchte etwas klarstellen ...
Er betrachtete mich mit stumpfem Blick.
– Also ... Entgegen allem Anschein war ich nicht mit Sylvia verheiratet ... Meine Mutter wollte von dieser Heirat nichts wissen ...
Den Bruchteil einer Sekunde lang erschien mir die Silhouette von Madame Villecourt, wie sie am Ufer der Marne auf dem Ponton saß.
– Sie erinnern sich an meine Mutter ... Das war keine einfache Frau ... Es gab Geldprobleme zwi-

schen uns ... Sie hätte mich aufs trockene gesetzt, wenn ich Sylvia geheiratet hätte ...

– Sie erstaunen mich sehr.

– Nun ja, so ist das ...

Ich glaubte zu träumen. Warum sollte Sylvia mir nicht die Wahrheit gesagt haben? Ich erinnerte mich sogar, daß sie einen Ehering trug.

– Sie wollte den Eindruck erwecken, daß wir verheiratet sind ... Das war für sie eine Frage der Selbstachtung ... Und ich, ich habe mich wie ein Feigling verhalten ... Ich hätte sie heiraten sollen ...

Ich mußte mich überzeugen lassen: dieser Mann hatte keine Ähnlichkeit mit dem vor sieben Jahren. Er legte nicht mehr dieses Selbstvertrauen und diese Grobheit an den Tag, die ihn mir verhaßt machten. Im Gegenteil, er war jetzt von einer resignierten Sanftmut. Seine Hände hatten sich sogar verändert. Er trug kein Armband mehr.

– Wenn ich mit ihr verheiratet gewesen wäre, alles wäre ganz anders gewesen ...

– Glauben Sie?

Wahrhaftig, er sprach von jemand anderem als von Sylvia, und die Dinge hatten, mit diesem Abstand, einen anderen Sinn für ihn als für mich.

– Sie hat mir diese Feigheit nicht verziehen ... Sie liebte mich ... Ich war der einzige, den sie liebte ...

Sein trauriges Lächeln war ebenso überraschend wie die Umhängetasche, die er trug. Nein, ich hatte nicht mit dem Mann vom Marneufer zu tun. Vielleicht hatte er ganze Kapitel der Vergangenheit vergessen oder war schließlich zu der Überzeugung gekommen, daß gewisse Ereignisse mit für uns alle so schweren Folgen nie stattgefunden hatten. Ich empfand ein unwiderstehliches Bedürfnis, ihn zu schütteln.

– Und der Plan mit dem Restaurant und dem Schwimmbad auf dieser kleinen Insel bei Chennevières?

Ich hatte die Stimme erhoben und mein Gesicht dem seinen genähert. Doch weit davon entfernt, wegen meiner Frage verlegen zu sein, behielt er sein trauriges Lächeln.

– Ich sehe nicht, was Sie sagen wollen . . . Sie wissen, ich habe mich vor allem um die Pferde meiner Mutter gekümmert . . . Sie hatte zwei Traber, die sie in Vincennes laufen ließ . . .

Er schien so arglos, daß ich ihm nicht widersprechen wollte.

– Haben Sie vorhin den Typ gesehen, der meine Ledermäntel in den Lieferwagen eingeladen hat? Nun, er wettet bei Rennen . . . Nach meiner Ansicht kann es nur ein Mißverständnis geben zwischen Menschen und Pferden . . .

Machte er sich über mich lustig? Nein. Er hatte immer jeglichen Humors entbehrt. Und das Neonlicht unterstrich den müden und ernsten Ausdruck seines Gesichts.

– Zwischen Pferden und Menschen klappt es nur sehr selten . . . Ich kann ihm noch so lang sagen, daß es ein Fehler ist, zu wetten, er macht weiter, aber er gewinnt nie . . . Und Sie? Immer noch Fotograf?

Er hatte die letzten Worte mit dem metallischen Timbre gesprochen, das ihm vor sieben Jahren eigen war.
– Damals hatte ich Ihren Plan mit dem Fotoband nicht so recht verstanden . . .
– Ich wollte Fotos von den Flußbädern in der Umgebung von Paris machen, sagte ich.
– Von den Flußbädern? Und deshalb wohnten Sie in La Varenne?
– Ja.
– Aber das ist nicht wirklich ein Flußbad.
– Finden Sie? Trotzdem gibt es das Beach . . .
– Und ich nehme an, daß Sie keine Zeit hatten, Ihre Fotos zu machen?
– Doch, doch . . . Ich könnte Ihnen einige zeigen, wenn Sie wollen . . .
Unsere Unterhaltung wurde müßig. Es war eigenartig, sich so auszudrücken, andeutungsweise oder durch Anspielungen.
– Jedenfalls kann ich sagen, daß ich sehr erbauliche Dinge erfahren habe . . . Und das war mir eine Lehre . . .
Meine Bemerkung ließ ihn kalt. Und doch hatte ich sie in aggressivem Ton formuliert. Ich hakte nach:
– Auch Sie, nehme ich an, haben all das in schlechter Erinnerung?
Aber ich bedauerte meine Provokation sofort. Sie war an ihm abgeglitten, und er umfing mich mit seinem traurigen Lächeln.
– Ich habe keinerlei Erinnerung mehr, sagte er.
Er warf einen Blick auf seine Armbanduhr.
– Man wird mich bald abholen . . . Das ist schade . . .

Ich wäre gern länger mit Ihnen zusammen geblieben ... Aber ich hoffe, daß wir uns wiedersehen werden ...

– Wollen Sie mich wirklich wiedersehen?

Ich verspürte ein Unbehagen. In Gegenwart desselben Mannes wie vor sieben Jahren wäre ich weniger ratlos gewesen.

– Ja. Ich möchte Sie gern ab und zu sehen, damit wir über Sylvia sprechen.

– Glauben Sie, daß das wirklich sinnvoll ist?

Wie konnte ich mit ihm über Sylvia sprechen? Man mußte sich fragen, ob er sie nach sieben Jahren nicht mit einer anderen verwechselte. Er erinnerte sich, daß ich Fotograf war, doch auch bei Greisen, die das Gedächtnis verloren haben, sind noch ein paar Fetzen der Vergangenheit vorhanden: eine Geburtstagsfeier ihrer Kindheit, die Worte eines Wiegenlieds, das ihnen gesungen worden ist ...

– Wollen Sie nicht mehr über Sylvia sprechen? Lassen Sie sich gesagt sein ...

Er schlug mit der Faust auf den Tisch, und ich rechnete mit den Drohungen und Erpressungen von früher, die natürlich durch die Zeit verwässert wären wie die Aussagen jener senilen Kriegsverbrecher, die vierzig Jahre nach ihren Schandtaten vor ein Gericht gezerrt werden.

– Lassen Sie sich gesagt sein, daß nichts geschehen wäre, wenn ich sie geheiratet hätte ... Nichts ... Sie liebte mich ... Das einzige, was sie gewollt hätte, ist, daß auch ich ihr einen Liebesbeweis gebe ... Und ich war unfähig, ihn ihr zu geben ...

Wenn ich ihn so betrachtete, dort, mir gegenüber, wenn ich diese Worte eines reuigen Sünders hörte, fragte ich mich, ob ich nicht ungerecht gegen ihn war. Er faselte, aber er hatte sich mit der Zeit eher gebessert. Damals hätte er eine solche Überlegung nie anstellen können.

– Ich glaube, Sie irren sich, sagte ich. Aber das ist ohne Bedeutung. Es ist jedenfalls gut gemeint.

– Ich irre mich keineswegs.

Und wie ein Betrunkener schlug er erneut mit der Faust auf den Tisch. Ich fürchtete, er könnte zu seiner Brutalität, seinem üblen Charakter zurückfinden. Zum Glück betrat in diesem Augenblick der Mann vom Lieferwagen das Café und legte ihm die Hand auf die Schulter. Er drehte sich um und starrte ihn an, als würde er ihn nicht erkennen.

– Sofort ... Ich stehe sofort zu deiner Verfügung ...

Wir standen auf, und ich begleitete sie bis zum Lieferwagen, der vor dem Kino Le Forum geparkt war. Er schob die Tür auf, und eine Reihe auf Bügeln hängender Ledermäntel kam zum Vorschein.

– Sie können sich bedienen ...

Ich rührte mich nicht. Da ging er die Ledermäntel einen nach dem andern durch. Er nahm die Bügel ab und hängte sie nach und nach wieder auf.

– Dieser muß Ihnen passen ...

Er reichte mir den Ledermantel auf dem Bügel.

– Ich brauche keinen Mantel, sagte ich.

– Doch ... Doch ... Um mir eine Freude zu machen ...

Der andere wartete, saß auf dem Kotflügel des Lieferwagens.

– Probieren Sie ihn an.

Ich nahm den Mantel und schlüpfte hinein. Er betrachtete mich mit dem scharfen Blick eines Schneiders bei der Anprobe.

– Ist er an den Schultern nicht zu eng?

– Nein, aber ich sage Ihnen doch, ich brauche keinen Mantel.

– Nehmen Sie ihn, um mir eine Freude zu machen. Ich bestehe darauf.

Er knöpfte ihn selber zu. Ich war so steif wie eine Schneiderpuppe aus Holz.

– Er steht Ihnen sehr gut . . . Und der Vorteil bei mir ist, daß ich viele große Größen habe . . .

Ich ließ es mir gefallen, um ihn schneller los zu sein. Ich wollte nicht diskutieren. Ich konnte es kaum erwarten, ihn abfahren zu sehen.

– Wenn es das geringste Problem gibt, tauschen Sie ihn gegen einen andern um . . . Ich bin morgen nachmittag an meinem Stand auf dem Boulevard Gambetta . . . Und ich gebe Ihnen für alle Fälle meine Adresse . . .

Er kramte in der Innentasche seines Jacketts und reichte mir eine Visitenkarte.

– Hier . . . meine Adresse und meine Telefonnummer in Antibes . . . Ich zähle auf Sie . . .

Er öffnete die vordere Tür, stieg ein und setzte sich auf die Bank. Der andere nahm am Steuer Platz. Er kurbelte das Fenster herunter und beugte sich hinaus.

– Ich weiß, daß Sie keine Sympathie für mich hatten,

sagte er. Aber ich bin bereit, Abbitte zu leisten ... Ich habe mich verändert ... Ich habe begriffen, wo ich im Unrecht war ... Vor allem gegenüber Sylvia ... Ich bin der einzige, den sie wirklich geliebt hat ... Wir reden noch miteinander über Sylvia, ja? ...

Er musterte mich von oben bis unten.

– Der Mantel steht Ihnen ausgezeichnet ...

Er kurbelte das Fenster wieder hoch, ohne mich aus den Augen zu lassen. Doch plötzlich, gerade als der Lieferwagen losfuhr, erstarrte sein Gesicht in einem Ausdruck der Bestürzung: ich hatte es mir nicht verkneifen können – unverständlich bei einem zurückhaltenden Menschen, wie ich es bin –, eine unflätige Geste mit dem Arm zu machen.

Einige Leute gingen ins Forum zur Einundzwanzig-Uhr-Vorstellung. Auch ich war versucht, mich in das alte Kino mit dem roten Samt zu setzen. Aber ich wollte diesen Ledermantel loswerden, der mir an den Schultern zu eng war und mich am Atmen hinderte. In meiner Hast riß ich einen Knopf ab. Ich faltete den Mantel zusammen, legte ihn auf eine Bank der Promenade und entfernte mich mit dem Gefühl, etwas Kompromittierendes hinter mir zu lassen.

War es die abbröckelnde Fassade des Kinos Le Forum? Oder das Wiederauftauchen Villecourts? Aber ich dachte daran, was seine Mutter mir in bezug auf den mysteriösen Mord an dem Schauspieler Aimos auf einer Barrikade des Gare-du-Nord-Viertels während der Befreiung von Paris anvertraut hatte. Aimos

wußte zuviel, er hatte zu viele Unterhaltungen gehört, war in den Kneipen von Chennevières, Champigny und La Varenne zu vielen verdächtigen Leuten begegnet. Und die Namen all dieser Leute, die Madame Villecourt mir genannt hatte, riefen in mir die Erinnerung an die schlammigen Wasser der Marne wach.
Ich sah mir seine Visitenkarte an:
Frédéric Villecourt, Kommissionär.
Früher wären die Buchstaben seines Namens schwarz und aufgeprägt gewesen. Heute aber waren sie orangerot wie auf einem einfachen Werbezettel, und der recht bescheidene Ausdruck »Kommissionär«, wenn man sich an den Frédéric Villecourt vom Marneufer erinnerte, zeigte an, daß oft ein paar Jahre ausreichen, um mit vielen Ansprüchen fertig zu werden. Er hatte selbst mit blauer Tinte seine Adresse geschrieben: Avenue Bosquet 5, Antibes. Telefon: 50 22 83.
Ich ging die Avenue Victor-Hugo entlang, denn ich hatte beschlossen, zu Fuß nach Hause zurückzukehren. Nein, ich hätte niemals ein Gespräch mit ihm anknüpfen dürfen.
Das erste Mal, als ich ihn auf der Promenade des Anglais hatte vorübergehen sehen mit seinem schwerfälligen Gang, diese lächerliche kleine Ledertasche über der Schulter, verspürte ich keinerlei Lust, ihn anzusprechen. An jenem Sonntag schien eine milde Herbstsonne, und ich saß auf der Terrasse des Queenie. Und da drüben blieb er stehen, er zündete eine Zigarette an. Dann verharrte er noch einen Augenblick hinter dem Strom der Autos. Er würde bei der Ampel über die Straße gehen und direkt in meiner

Höhe das Trottoir erreichen. Und dann bestand Gefahr, daß er mich bemerkte. Oder er würde sich nicht mehr bewegen, die Nacht würde hereinbrechen, und seine Silhouette würde sich für immer vor mir als Schattenriß gegen das Meer abheben.

Er ist weitergegangen in Richtung des Casinos Ruhl und des Jardin Albert-Ier, die Ledertasche über der Schulter. Um mich herum tranken Frauen und Männer Tee, steif wie Mumien, schweigend, den Blick auf die Promenade des Anglais geheftet. Auch sie spähten vielleicht in dieser vorbeiziehenden Menge nach Gestalten der Vergangenheit aus.

Mein Heimweg führt mich immer durch das, was einmal der Speisesaal des ehemaligen Hotel Majestic war, direkt an der Biegung des Boulevard de Cimiez. Jetzt ist es nur noch eine Halle, die als Versammlungs- oder Ausstellungsraum dient. Ganz hinten im Halbdunkel sang ein Chor auf englisch Choräle. Das Schild am Fuß der Treppe trug die Aufschrift: »Today: *The Holy Nest*«. Ihre hohen Stimmen waren noch im zweiten Stock zu hören, als ich meine Zimmertür wieder schloß. Man hätte es für Weihnachtslieder halten können. Übrigens, Weihnachten rückte näher. Es war kalt in diesem möblierten Zimmer, einem ehemaligen Hotelzimmer mit Bad, von dem noch die Nummer vorhanden war auf einem Messingschild im Innern des Schranks: 252.

Ich machte den kleinen Heizstrahler an, aber die Wärme, die er verbreitete, war so gering, daß ich schließlich den Stecker herauszog. Ich legte mich aufs Bett, ohne die Schuhe auszuziehen.

In diesem Majestic-Haus gibt es Wohnungen mit drei oder vier Zimmern, die ehemaligen Suiten des Hotels, oder einfache Zimmer, die man bei den Instandsetzungsarbeiten miteinander verbunden hat. Ich wohne lieber nur in einem Zimmer. Das ist nicht so traurig. Man hat noch die Illusion, im Hotel zu leben. Das Bett ist immer noch das von Zimmer 252. Der Nachttisch ebenfalls. Und ich frage mich, ob der falsche Louis XVI-Schreibtisch aus dunklem

Holz zum Mobiliar des Majestic gehörte. Den Teppichboden gab es nicht im Zimmer 252: ein stellenweise abgenützter beige-grauer Spannteppich. Die Badewanne und das Waschbecken wurden ebenfalls ausgewechselt.

Ich hatte keine Lust, zu Abend zu essen. Ich machte die Lampe aus. Ich schloß die Augen und ließ mich von den fernen Stimmen des englischen Chors wiegen. Ich lag noch im Dunkeln auf dem Bett, als das Telefon läutete.

– Hallo . . . Hier ist Villecourt . . .

Seine Stimme war sehr leise, fast ein Flüstern.

– Störe ich Sie? Ich habe Ihre Nummer im Telefonbuch gefunden . . .

Ich blieb stumm. Er fragte mich wieder:

– Störe ich Sie? . . .

– Keineswegs.

– Ich möchte einfach, daß die Dinge zwischen uns klar sind. Als wir auseinandergegangen sind, habe ich den Eindruck gehabt, daß Sie mir böse sind . . .

– Ich bin Ihnen nicht böse . . .

– Doch, diese Geste, die Sie gemacht haben . . .

– Das war ein Scherz.

– Ein Scherz? Sie haben wirklich einen sonderbaren Humor.

– Das ist eben so, sagte ich. Man muß mich akzeptieren, wie ich bin.

– Ich fand diese Geste dermaßen aggressiv . . . Haben Sie mir etwas vorzuwerfen? . . .

– Nein.

– Ich habe Sie nie um etwas gebeten . . . Sie, Henri,

Sie haben mich abgeholt. Sie haben vor dem Stand am Boulevard Gambetta gewartet.

– Ich heiße nicht Henri ...

– Entschuldigen Sie ... Ich habe Sie mit einem anderen verwechselt ... Mit diesem Dunkelhaarigen, der immer Tips für die Rennen gab ... Ich weiß nicht, was Sylvia an ihm finden konnte ...

– Ich habe keine Lust, mit Ihnen über Sylvia zu reden.

Es war wirklich mühsam, unser Telefongespräch in der Dunkelheit fortzusetzen. Aus der Halle drangen immer noch die Stimmen des englischen Chors zu mir herauf und beruhigten mich: ich war an diesem Abend nicht ganz und gar allein.

– Warum wollen Sie nicht mit mir über Sylvia reden?

– Weil wir nicht von derselben Person sprechen.

Ich legte auf. Nach einem sehr kurzen Augenblick läutete das Telefon erneut.

– Das ist nicht nett, daß Sie aufgelegt haben ... Aber ich lasse nicht locker ...

Er wollte seiner Stimme etwas Ironisches verleihen.

– Ich bin müde, sagte ich.

– Ich auch. Aber das ist kein Grund, nicht mehr miteinander zu sprechen. Wir sind jetzt die einzigen, die bestimmte Dinge wissen ...

– Ich habe gedacht, Sie hätten alles vergessen ...

Es entstand eine Pause.

– Nicht wirklich ... Das stört Sie, was?

– Nein.

– Lassen Sie sich gesagt sein, daß ich es war, der Sylvia am besten gekannt hat ... Ich war es, den sie

am meisten geliebt hat ... Sie sehen, ich entziehe mich nicht der Verantwortung.
Ich legte auf. Einige Minuten vergingen, bevor das Läuten wieder einsetzte.
– Zwischen Sylvia und mir bestand eine sehr starke Bindung ... Das Übrige hatte für sie keine Bedeutung ...
Er redete, als fände er es normal, daß ich zum zweitenmal aufgelegt hatte.
– Ich möchte mich mit Ihnen über all das unterhalten, ob Sie wollen oder nicht ... Ich rufe Sie so lange an, bis Sie einverstanden sind ...
– Ich werde den Stecker herausziehen.
– Dann warte ich auf Sie vor dem Haus. Sie können mich so leicht nicht abwimmeln ... Schließlich haben Sie mich abgeholt ...
Ich legte wieder auf. Neuerliches Läuten des Telefons.
– Ich habe gewisse Dinge nicht vergessen ... Ich kann Ihnen noch viel Ärger bereiten ... Ich will, daß wir ein ernsthaftes Gespräch über Sylvia führen ...
– Sie vergessen, daß auch ich Ihnen viel Ärger bereiten kann, sagte ich.
Diesmal wählte ich, nachdem ich aufgelegt hatte, meine eigene Telefonnummer und stopfte den Hörer unters Kopfkissen, um den Rufton nicht zu hören.
Ich stand auf und ging, ohne die Lampe anzumachen, zum Fenster. Der Boulevard de Cimiez unten war ausgestorben. Ab und zu fuhr ein Auto vorbei, und jedesmal fragte ich mich, ob es anhalten würde. Ein Türenschlagen. Er würde aussteigen und den Blick die

Fassade des Majestic hochschweifen lassen, um zu sehen, in welchem Stockwerk noch Licht wäre. Er würde die Telefonzelle betreten, dort, wo der Boulevard zur Kurve ansetzt. Würde ich den Hörer abgelegt lassen? Oder würde ich antworten? Das beste wäre, auf das Läuten zu warten und den Hörer ans Ohr zu halten, ohne etwas zu sagen. Er würde wiederholen: »Hallo ... Hören Sie mich? ... Hallo, hören Sie mich? ... Ich bin ganz in Ihrer Nähe ... Antworten Sie mir ... Antworten Sie mir ...« Ich würde dieser immer beunruhigteren und immer kläglicheren Stimme nichts als Schweigen entgegensetzen. Ja, ich würde ihm gern dieses Gefühl der Leere übermitteln, das ich selbst verspüre.

Der Chor ist seit langem verstummt, und ich bleibe vor dem Fenster stehen. Ich warte darauf, daß sich unten in der weißen Beleuchtung des Boulevards seine Silhouette abhebt, wie sie sich an jenem Sonntag auf der Promenade des Anglais abhob.

Am späten Vormittag bin ich in die Autowerkstatt hinuntergegangen. Man kann sie vom Erdgeschoß des Gebäudes aus über eine Zementtreppe erreichen. Es genügt, am Ende der Halle einem Flur zu folgen, eine Tür zu öffnen und das Licht anzuschalten.

Es ist ein sehr geräumiger Ort unterhalb des Majestic, der schon zu Zeiten des Hotels als Abstellplatz für die Autos gedient haben muß.

Niemand. Die drei Angestellten waren zum Mittagessen fortgegangen. Offen gesagt, sie hatten immer we-

niger Arbeit. Jemand hupte bei den Zapfsäulen. Ein Mercedes wartete, und der Fahrer bat mich vollzutanken. Er gab mir ein dickes Trinkgeld.
Dann ging ich zu meinem Büro in der Werkstatt. Ein Raum mit Fliesenboden, blaßgrünen Wänden und Glasscheiben. Man hatte einen an mich adressierten Umschlag auf den Holztisch gelegt. Ich öffnete ihn und las:

Seien Sie unbesorgt. Sie werden nichts mehr von mir hören. Auch nicht von Sylvia.

Villecourt

Um mein Gewissen zu beruhigen, holte ich seine Visitenkarte aus der Tasche und wählte die Telefonnummer seiner Wohnung in Antibes: keine Antwort. Ich schaffte Ordnung auf meinem Schreibtisch, wo sich alte Unterlagen und Rechnungen seit mehreren Monaten stapelten. Ich räumte sie in den Metallschrank. Bald würde von alldem nichts mehr übrig sein: der Hausverwalter, dank dessen ich zu dieser leitenden Stellung in der Autowerkstatt gekommen war, hatte mir mitgeteilt, daß man aus ihr eine simple Parkgarage machen würde.
Ich sah durch die Glasscheibe: drüben wartete ein amerikanisches Auto mit offener Haube, der Reifen eines Hinterrades völlig platt. Wenn die anderen wiederkämen, würde ich sie fragen müssen, ob sie ihn vergessen haben. Aber würden sie wiederkommen? Auch sie waren von der baldigen Schließung der Werkstatt unterrichtet worden, und bestimmt hatten

sie anderswo Arbeit gefunden. Ich war der einzige, der keine Vorsichtsmaßnahmen getroffen hatte.

Später, am Nachmittag, habe ich erneut Villecourts Nummer in Antibes gewählt. Keine Antwort. Von den drei Angestellten war ein einziger wiedergekommen und beendete die Reparatur des amerikanischen Wagens. Ich sagte ihm, daß ich für ein oder zwei Stunden weggehen würde, und bat ihn, sich um die Tankstelle zu kümmern.

Auf dem Trottoir der Avenue Dubouchage lag Sonne und ein Teppich von trockenem Laub. Beim Gehen dachte ich an meine Zukunft. Man würde mir bei Schließung der Werkstatt eine Abfindung zahlen, und ich würde mich eine Zeitlang über Wasser halten können. Mein Zimmer im Majestic, dessen Miete lächerlich gering war, würde ich behalten. Vielleicht würde ich bei Boistel, dem Verwalter, erreichen, daß ich gar keine Miete mehr zahlen mußte, zum Dank für meine Dienste. Ja, ich würde für immer an der Côte d'Azur bleiben. Wozu die Tapeten wechseln? Ich könnte sogar in meinen früheren Beruf als Fotograf zurückkehren und mit einer Polaroid auf der Promenade des Anglais warten, daß Touristen vorbeikämen. Was ich beim Blick auf Villecourts Visitenkarte gedacht hatte, galt auch für mich. Oft genügen ein paar Jahre, um mit vielen Ansprüchen fertig zu werden.

Ohne es zu merken, war ich auf der Höhe des Jardin d'Alsace-Lorraine angelangt. Ich bog nach links in den Boulevard Gambetta und spürte einen leichten Stich im Herzen, als ich mich fragte, ob ich Villecourt hinter seinem Stand antreffen würde. Diesmal würde ich ihn von weitem beobachten, damit er meine Anwesenheit nicht bemerkt, und ich würde sofort wieder gehen. Es würde mich erleichtern, diesen Straßenhändler zu betrachten, der nicht mehr der frühere Villecourt war und nie in mein Leben verwickelt gewesen war. Nie. Ein harmloser Straßenhändler, wie es sie in der Vorweihnachtszeit auf den Trottoirs von Nizza gibt. Und nichts weiter.

Ich unterschied eine Gestalt, die sich hinter dem Stand bewegte. Als ich die Rue de la Bouffa überquerte, bemerkte ich, daß es nicht Villecourt war, sondern ein großer Blonder mit einem Pferdekopf und Lederjacke. Wie beim erstenmal schob ich mich in die erste Reihe. Er benutzte weder das Podium noch das Mikrofon und pries mit kräftiger Stimme seine Ware an, indem er das vor ihm Liegende aufzählte: Nutria, Lamm, Kaninchen, Skunks, einfache oder gefütterte Lederstiefel . . . Das Angebot war viel größer als am Vortag, und dieser Blonde zog mehr Leute an als Villecourt. Sehr wenig Leder. Jede Menge Pelze. Vielleicht erachtete man Villecourt nicht für würdig, Pelze zu verkaufen.

Der da gab zwanzig Prozent Nachlaß auf die Nerzjacken und die Lammanzüge mit Weste. Lamm? Das gab es in allen Farben: schwarz, schokoladenbraun, Marine, bronzegrün, fuchsie, flieder . . . Als Zugabe für die Käufer eine Schachtel Marrons glacés. Er redete immer schneller, und mir wurde ganz schwindlig. Ich setzte mich schließlich auf die Terrasse des Cafés

nebenan und wartete fast eine Stunde, bis die Gaffer sich zerstreuten. Der Tag hatte sich längst geneigt.
Er war allein hinter seinem Stand, und ich ging zu ihm hin:
– Es ist geschlossen, sagte er. Aber wenn Sie etwas wollen ... Ich habe Lederjacken ... sehr günstig ... dreißig Prozent Nachlaß ... oder lange Jacken aus weichem Lamm ... Taftfutter, Größe 38-46 ... Ich gebe sie Ihnen zum halben Preis ...
Wenn ich ihm nicht das Wort abschnitte, würde er nicht mehr aufhören. Er wurde von seinem Schwung davongetragen.
– Kennen Sie Frédéric Villecourt? sagte ich.
– Nein.
Er begann Pelze und Lederjacken aufeinanderzustapeln.
– Gestern nachmittag war er aber hier, an Ihrem Platz.
– Wissen Sie, wir sind so viele, die an der Côte d'Azur für »France-Cuir« arbeiten ...
Der Lieferwagen hielt in Höhe des Standes. Derselbe Fahrer stieg aus und schob die Tür auf.
– Guten Tag, sagte ich zu ihm. Wir haben uns gestern abend gesehen mit einem Freund von mir ...
Er betrachtete mich stirnrunzelnd und schien sich an nichts zu erinnern.
– Sie haben ihn sogar im Café Le Forum abgeholt ...
– Ah ja ... Ah ja. Tatsächlich ...
– Lade mir das alles schnellstens auf, sagte der große Blonde mit dem Pferdekopf.
Der andere nahm nacheinander die Mäntel und Jak-

ken und zog sie über Bügel, bevor er sie in den Lieferwagen hängte.
– Wissen Sie nicht, wo er ist?
– Er arbeitet vielleicht nicht mehr für »France-Cuir« ...
Er hatte mir barsch geantwortet, als hätte Villecourt einen sehr schlimmen Fehler begangen und als wäre es wirklich ein Privileg, für »France-Cuir« zu arbeiten.
– Ich dachte, er hätte eine feste Anstellung ...
Der große Blonde mit dem Pferdegesicht, den Hintern auf dem Rand des Verkaufsstandes abgestützt, schrieb etwas in ein Heft. Die Abrechnung des Tages?
Ich zog Villecourts Visitenkarte aus der Tasche.
– Sie müssen ihn gestern abend nach Hause gebracht haben ... Avenue Bosquet 5, in Antibes ...
Der Fahrer räumte weiter die Mäntel und Jacken in den Lieferwagen und geruhte nicht einmal, mir einen Blick zuzuwerfen.
– Das ist ein Hotel, sagte er. Da steigen die Verkäufer von »France-Cuir« ab ... Da sagt man ihnen Bescheid, ob sie in Cannes oder in Nizza arbeiten sollen ...
Ich reichte ihm einen Lammfellmantel, dann eine Lederjacke, dann gefütterte Stiefel. Wenn ich ihm half, seinen Lieferwagen zu beladen, würde er vielleicht einwilligen, mir noch einige zusätzliche Auskünfte bezüglich Villecourt zu geben.
– Wo soll ich denn die Zeit hernehmen, sie alle kennenzulernen ... Sie wechseln ... Ein Dutzend Neue pro Woche ... Man sieht sie zwei oder drei Tage ... Sie verschwinden wieder ... Andere ersetzen sie ...

Bei »France-Cuir« wird nicht gefaulenzt... Wir haben Lager in der ganzen Region. Nicht nur in Cannes oder Nizza... In Grasse... In Draguignan...

– Dann habe ich keine Chance mehr, ihn in Antibes zu treffen?

– O nein... sein Zimmer wird schon von jemand anderem belegt sein... Vielleicht von Monsieur...

Er zeigte auf den großen Blonden mit dem Pferdegesicht, der immer noch Notizen in sein Heft machte.

– Und es gibt keine Möglichkeit zu erfahren, wo er ist?

– Entweder – oder... Entweder er arbeitet nicht mehr für »France-Cuir«, man hat ihn vor die Tür gesetzt, weil er kein guter Verkäufer war...

Er war fertig mit dem Aufhängen der Mäntel und Jacken im Lieferwagen und wischte sich mit dem Ende seines Schals die Stirn ab.

– Oder sie haben ihn anderswohin geschickt... Aber wenn Sie die Direktion fragen, werden sie Ihnen nichts sagen... Berufsgeheimnis... Sie sind nicht einmal ein Familienangehöriger, nehme ich an?

– Nein.

Sein Ton war sanfter geworden. Der große Blonde mit dem Pferdegesicht hatte sich zu uns gesellt.

– Hast du alles eingepackt?

– Ja.

– Also, fahren wir...

Er stieg vorn in den Lieferwagen ein. Der andere schob die Tür zu und prüfte, ob sie blockiert war. Dann stieg er ebenfalls ein und beugte sich durch das halboffene Fenster zu mir.

– Manchmal schickt »France-Cuir« sie ins Ausland ... Sie haben Lager in Belgien. Wenn's der Zufall will, haben sie ihn nach Belgien versetzt ...
Er zuckte mit den Schultern und fuhr los. Ich sah dem Lieferwagen nach, der an der Biegung der Promenade des Anglais verschwand.

Es war mild. Ich ging bis zum Jardin d'Alsace-Lorraine und setzte mich auf eine Bank hinter den Schaukeln und dem Sandkasten. Ich liebe diesen Ort wegen der Pinien und der Gebäude, die sich so klar vom Himmel abheben. Nachmittags setzte ich mich hier manchmal mit Sylvia hin. Wir waren in Sicherheit unter all diesen Müttern, die auf ihre Kinder aufpassen. Niemand würde uns in diesem Park suchen. Und die Leute um uns herum schenkten uns kaum Aufmerksamkeit. Wir konnten schließlich auch Kinder haben, die auf der Rutschbahn rutschten oder Sandburgen bauten.
Nach Belgien ... Wenn's der Zufall will, haben sie ihn nach Belgien versetzt ... Ich stellte mir Villecourt vor, wie er abends im Regen im Brüsseler Südbahnhofsviertel Schlüsselanhänger und alte pornographische Fotos verkauft. Er war nur noch ein Schatten seiner selbst. Die Nachricht, die er heute morgen in der Werkstatt für mich hinterlassen hatte, hatte mich nicht überrascht: »Sie werden nichts mehr von mir hören.« Ich hatte so eine Ahnung. Das erstaunlichste war, daß er mir diese Nachricht geschrieben hatte und sie also einen materiellen Beweis seines Überlebens

darstellte. Als er gestern abend hinter seinem Stand arbeitete, brauchte ich eine Zeit, um ihn wiederzuerkennen, mich zu überzeugen, daß es wirklich er war. Ich hatte mich in die erste Reihe der Gaffer gestellt, und ich hatte ihn beharrlich angesehen, als wollte ich ihn an sich selbst erinnern. Und unter diesem unverwandten Blick hatte er sich bemüht, wieder der alte Villecourt zu werden. Ein paar Stunden hatte er noch diese Rolle gespielt, er hatte mich angerufen, aber das Herz war nicht mehr dabei. Jetzt in Brüssel ging er über den Boulevard Anspach zum Nordbahnhof und nahm auf gut Glück einen Zug. Er fand sich in einem rauchigen Abteil mit Handelsreisenden wieder, die Karten spielten. Und der Zug setzte sich in Bewegung zu einem unbekannten Ziel ...

Auch ich hatte an Brüssel gedacht, um dort mit Sylvia Zuflucht zu suchen, wir hatten es jedoch vorgezogen, Frankreich nicht zu verlassen. Wir mußten eine große Stadt wählen, wo wir unbemerkt blieben. Nizza zählte über fünfhunderttausend Einwohner, unter denen wir verschwinden könnten. Das war keine Stadt wie die anderen. Und dann gab es das Mittelmeer ...

Im dritten Stock des Gebäudes an der Ecke zwischen dem kleinen Park und dem Boulevard Victor-Hugo, dort, wo Madame Efflatoun Bey wohnte, ist ein Fenster erleuchtet. Lebt sie immer noch? Ich sollte an ihrer Tür klingeln oder die Concierge fragen. Ich betrachte das von einem gelben Licht erhellte Fenster. Schon zur Zeit unserer Ankunft in dieser Stadt hatte Madame Efflatoun Bey ihr Leben längst gelebt, und ich fragte mich, ob sie vage Erinnerungen daran bewahrte. Sie war ein liebenswertes Gespenst unter den Tausenden anderen Gespenstern, die Nizza bevölkern. Manchmal setzte sie sich nachmittags in diesem Jardin d'Alsace-Lorraine auf eine Bank neben uns. Gespenster sterben nicht. Es wird immer Licht in ihren Fenstern sein, genau wie in denen all der ockerfarbenen und weißen Mietshäuser, die mich umgeben und deren Fassaden von den Pinien des Parks halb verdeckt sind. Ich stehe auf. Ich folge dem Boulevard Victor-Hugo und zähle mechanisch die Platanen.

Am Anfang, als Sylvia mir hierher nachgekommen ist, sah ich die Dinge anders, als ich sie heute abend sehe. Nizza war nicht diese vertraute Stadt, durch die ich gehe, um in die Halle des Majestic und in mein Zimmer mit dem nutzlosen Heizstrahler zurückzukehren. Die Winter an der Côte d'Azur sind zum Glück mild, und deshalb macht es mir nichts aus, im Mantel zu schlafen. Angst habe ich vor dem Frühling. Er kommt jedesmal wie eine Grundwelle, und jedesmal frage ich mich, ob ich nicht über Bord gehen werde.

Ich glaubte, mein Leben würde eine neue Richtung nehmen und es genügte, eine Zeitlang in Nizza zu bleiben, um alles Vorangegangene auszulöschen. Schließlich würden wir das Gewicht, das auf uns lastete, nicht mehr spüren. An jenem Abend ging ich mit sehr viel rascheren Schritten als heute. In der Rue Gounod war ich an dem Frisiersalon vorbeigekommen. Sein rosa Neonschild leuchtet immer noch – ich konnte mir nicht verkneifen, es zu überprüfen, bevor ich weiterging.

Ich war noch kein Gespenst wie heute abend. Ich sagte

mir, daß wir alles vergessen und in dieser unbekannten Stadt noch einmal von vorn beginnen würden. Noch einmal von vorn beginnen. Diesen Satz wiederholte ich mir, während ich immer leichteren Schritts der Rue Gounod folgte.

»Immer geradeaus«, hatte mir ein Passant gesagt, den ich nach dem Weg zum Bahnhof fragte. Immer gradeaus. Ich hatte Vertrauen in die Zukunft. Diese Straßen waren neu für mich. Es machte nichts, wenn ich ein bißchen aufs Geratewohl losmarschierte. Sylvias Zug kam erst um halb elf Uhr abends am Bahnhof von Nizza an.

Sie hatte eine große granatrote Ledertasche als einziges Gepäck und um den Hals das Kreuz des Südens. Es machte mich schüchtern, wie ich sie da auf mich zukommen sah. Ich hatte sie eine Woche zuvor in einem Hotel in Annecy zurückgelassen, denn ich wollte allein nach Nizza fahren und mich versichern, daß wir uns in dieser Stadt niederlassen konnten.

Das Kreuz des Südens schimmerte auf dem schwarzen Pulli im Ausschnitt des Mantels. Unsere Blicke kreuzten sich, sie lächelte und schlug den Kragen hoch. Es war unklug, diesen Schmuck zur Schau zu stellen. Und wenn sie im Zug einem Diamantenhändler gegenübergesessen und seine Aufmerksamkeit auf sich gezogen hätte? Doch bei diesem albernen Gedanken lächelte ich schließlich auch. Ich nahm ihr die Reisetasche ab.

– Saß kein Diamantenhändler in deinem Abteil?

Ich musterte die wenigen Reisenden, die im Bahnhof von Nizza aus dem Zug gestiegen waren und um uns herum den Bahnsteig entlanggingen.

Im Taxi war ich einen Moment bange. Es bestand die Gefahr, daß ihr die Pension, die ich gewählt hatte, und der Anblick des Zimmers mißfielen. Aber es war besser, wir wohnten an einem solchen Ort als in einem Hotel, wo die Angestellten am Empfang uns aufs Korn genommen hätten.

Das Taxi folgte dem Weg, den ich heute in umgekehrter Richtung gehe: Boulevard Victor-Hugo, Jardin d'Alsace-Lorraine. Es war die gleiche Jahreszeit, Ende November, und die Platanen hatten ihre Blätter verloren, wie heute abend. Sie nahm das Kreuz des Südens von ihrem Hals, und ich spürte in meiner Handfläche die Berührung der Kette und des Diamanten.

– Nimm ihn . . . Sonst verliere ich ihn . . .

Vorsichtig ließ ich das Kreuz des Südens in die Innentasche meines Jacketts gleiten.

– Ist dir klar, was das bedeutet hätte, wenn dir im Abteil ein Diamantenhändler gegenübergesessen hätte?

Sie lehnte den Kopf an meine Schulter. Das Taxi hatte an der Ecke Rue Gounod gehalten, um andere Autos, die von links kamen, vorzulassen. Am Anfang der Straße leuchtete die Fassade des Frisiersalons in ihrem rosa Neonlicht.

– Jedenfalls, wenn ich einem Diamantenhändler gegenübergesessen hätte, der hätte geglaubt, das sei Talmi . . .

Sie hatte mir diesen Satz ins Ohr geflüstert, damit der Fahrer es nicht höre, und in dem Tonfall, den Villecourt als »vorstädtisch« bezeichnete, wenn er, Villecourt, gerade einmal distinguiert erscheinen wollte, in diesem Tonfall, den ich gern mochte, denn er war derjenige der Kindheit.

– Ja, aber stell dir vor, er hätte dich gefragt, ob er ihn aus der Nähe betrachten darf . . . mit einer Lupe . . .

– Ich hätte ihm gesagt, es sei ein Familienschmuck.

Das Taxi hielt in der Rue Caffarelli vor der Villa Sainte-Anne, möblierte Zimmer. Wir blieben einen Augenblick unbeweglich auf dem Trottoir stehen. Ich hielt ihre Reisetasche.

– Das Hotel ist hinten im Garten, sagte ich.

Ich fürchtete, sie könnte enttäuscht sein. Doch nein. Sie nahm meinen Arm. Ich stieß gegen das Tor, das unter Blätterrascheln aufging, und wir folgten dem dunklen Weg bis zu dem Gartenhaus, das eine Glühbirne über dem Windfang des Eingangs erhellte.

Wir gingen an der Veranda vorbei. Im Salon, wo die Besitzerin mich empfangen hatte, als ich das Zimmer für einen Monat mietete, brannte der Kronleuchter.

Ohne daß jemand auf uns aufmerksam geworden wäre, gingen wir um das Gartenhaus herum. Ich öffnete die Hintertür, und wir stiegen die Dienstbotentreppe hinauf. Das Zimmer war im ersten Stock am Ende eines Korridors.

Sie setzte sich auf den alten Ledersessel. Sie hatte ihren Mantel nicht ausgezogen. Sie schaute sich um, als wollte sie sich ans Dekor gewöhnen. Die beiden Fenster, die auf den Garten des Häuschens hinausgingen, waren hinter schwarzen Vorhängen verborgen. Eine Tapete mit Rosenmuster bedeckte die Wände, bis auf die hintere, deren helles Holz an ein Chalet in den Bergen erinnerte. Keine anderen Möbel als der Ledersessel und das ziemlich breite Bett mit Messingstäben.

Ich saß auf der Bettkante. Ich wartete darauf, daß sie etwas sagt.

– Jedenfalls wird man uns hier nicht suchen.

– Gewiß nicht, sagte ich.

Ich wollte ihr die Vorteile des Ortes aufzählen, um mich selbst mehr zu überzeugen: ich habe einen Monat vorausbezahlt ... Es ist ein separates Zimmer ... Wir behalten immer den Schlüssel ... Die Besitzerin wohnt im Erdgeschoß ... Sie wird uns in Ruhe lassen ...

Doch sie schien mir nicht zuzuhören. Sie betrachtete die Hängelampe, die ein schwaches Licht auf uns warf, dann das Parkett, dann die schwarzen Vorhänge.

Mit ihrem Mantel sah sie aus, als würde sie jeden Augenblick das Zimmer verlassen, und ich hatte Angst, daß sie mich allein auf diesem Bett zurückläßt. Sie blieb regungslos, die Hände flach auf den Armlehnen des Sessels. Ein Ausdruck der Mutlosigkeit war in ihrem Blick, die Mutlosigkeit, die auch ich empfand.

Es genügte, daß ihr Blick auf mich fiel, damit alles sich veränderte. Vielleicht fühlte sie, daß wir im selben Augenblick die gleichen Dinge empfanden. Sie

lächelte mir zu und sagte leise, als fürchtete sie, jemand lausche hinter der Tür:
– Wir brauchen uns keine Sorgen zu machen.

Die Musik und die ernste Stimme eines Ansagers im Erdgeschoß des Gartenhauses brachen ab. Das Fernsehen oder das Radio war ausgeschaltet worden. Wir lagen beide auf dem Bett. Ich hatte die Vorhänge aufgezogen, und durch die beiden Fenster drang ein schwaches Licht in die Dunkelheit des Zimmers. Ich sah ihr Profil. Sie hatte die Arme nach hinten gelegt, die Hände umfaßten die Gitterstäbe des Betts, an ihrem Hals das Kreuz des Südens. Während sie schlief, wollte sie es bei sich haben: so konnte es ihr nicht gestohlen werden.
– Findest du nicht, daß es hier komisch riecht? fragte sie mich.
– Ja.
Als ich dieses Zimmer zum erstenmal besichtigte, war mir ein Modergeruch in die Nase gestochen. Ich hatte die Fenster geöffnet, um ein wenig frische Luft hereinzulassen, doch das hatte nichts genützt. Der Geruch saß in den Wänden, im Ledersessel und in der Wolldecke.
Ich näherte mich ihr, und bald war ihr Duft stärker als der Geruch des Zimmers, ein schwerer Duft, den ich nicht mehr entbehren konnte, etwas Süßes und Dunkles, wie das, was uns miteinander verband.

Heute abend findet in der ehemaligen Halle des Majestic die wöchentliche Versammlung des Vereins »Terres lointaines« statt. Ich könnte mich, statt aufs Zimmer zu gehen, auf einen der Holzstühle setzen – die gleichen wie die in den öffentlichen Anlagen – und dem Vortragenden zuhören wie die etwa hundert Personen, die sich versammelt haben und die alle einen weißen Button am Revers ihres Mantels tragen, auf dem in blauen Buchstaben T. L. steht. Doch es ist kein Platz mehr frei, und ich schlüpfe an der Wand entlang bis zur Treppe.

Mein jetziges Zimmer ähnelt dem der Pension Sainte-Anne in der Rue Caffarelli. Im Winter liegt hier der gleiche Geruch in der Luft wegen der Feuchtigkeit und der Möbel aus altem Holz und altem Leder. Auf die Dauer färben die Orte auf einen ab, aber in der Rue Caffarelli, mit Sylvia, war meine Geistesverfassung eine andere. Heute habe ich oft den Eindruck, an Ort und Stelle zu verfaulen. Ich nehme Vernunft an. Einen Augenblick später verfliegt dieser Eindruck und übrig bleibt nur Gleichgültigkeit, ein Gefühl der Ruhe und der Leichtigkeit. Nichts mehr ist wichtig. Zur Zeit der Rue Caffarelli war ich manchmal mutlos, doch die Zukunft erschien mir in einem vorteilhaften Licht. Wir würden schließlich aus dieser heiklen Lage herauskommen, in der wir uns befanden. Nizza war nur eine Etappe für uns. Sehr bald würden wir weit fort von hier sein, im Ausland. Ich machte mir Illusionen.

Ich wußte noch nicht, daß diese Stadt ein Sumpf war und daß ich nach und nach darin versinken würde. Und daß der einzige Weg, den ich im Lauf all dieser Jahre zurücklegen würde, derjenige wäre, der von der Rue Caffarelli zum Boulevard de Cimiez führt, wo ich jetzt wohne.
Der Tag nach Sylvias Ankunft war ein Sonntag. Am späten Nachmittag setzten wir uns auf die Terrasse eines Cafés der Promenade des Anglais, auf dieselbe Terrasse, von wo ich neulich abends Villecourt mit seiner Lederumhängetasche vorbeigehen sah. Er hatte sich schließlich zu den Schatten gesellt, die im Gegenlicht an uns vorüberzogen, diesen Männern und Frauen, die uns, Sylvia und mir, so alt erschienen . . .
Ich habe Angst, als ich die Tür meines Zimmers hinter mir zumache. Ich frage mich, ob ich nun nicht auch einer von ihnen bin. An jenem Abend tranken sie langsam ihren Tee an den Nebentischen. Sylvia und ich beobachteten sie, sie und die anderen, die weiter auf der Promenade des Anglais defilierten. Am Ende eines Sonntags im Winter. Und ich wußte, daß wir an das gleiche dachten: unter all diesen Leuten, die zur gleichen Zeit an der Côte d'Azur entlangschlenderten, mußten wir jemanden finden, dem wir das Kreuz des Südens verkaufen konnten.

Es regnete mehrere Tage hintereinander. Ich holte die Zeitungen an dem Kiosk, der sich am Rand des Jardin d'Alsace-Lorraine befindet, und kehrte im Regen in die Pension Sainte-Anne zurück. Die Besitzerin fütterte ihre Vögel. Sie hatte einen alten Regenmantel angezogen und ein Tuch unterm Kinn festgeknotet, um sich gegen den Regen zu schützen. Sie war eine etwa sechzigjährige Frau von elegantem Aussehen. Sie redete mit Pariser Akzent. Sie winkte mir und sagte: »Guten Tag«, dann fuhr sie fort, die Käfige nacheinander aufzumachen, Körner hinzustreuen und die Käfige wieder zuzumachen. Und sie, durch welchen Zufall war sie in Nizza gestrandet?

Morgens beim Aufwachen, wenn wir die Regentropfen auf das Zinkdach des kleinen Schuppens im Garten trommeln hörten, wußten wir, daß es den ganzen Tag so sein würde, und oft blieben wir bis zum späten Nachmittag im Bett. Wir warteten lieber ab, bis die Nacht hereingebrochen war, um auszugehen. Am Tag hinterließ der Regen auf der Promenade des Anglais, auf den Palmen und den hellen Häusern ein Gefühl der Traurigkeit im Herzen. Er durchtränkte die Mauern, und bald würden das Operettendekor und die Zuckerbäckerfarben vollkommen aufgeweicht sein. Die Nacht löschte diese Trostlosigkeit dank der Lichter und Neonreklamen aus.

Das erste Mal, daß ich das Gefühl hatte, wir säßen in dieser Stadt in der Falle, das war im Regen, in der Rue Caffarelli, als ich Zeitungen holen ging. Doch kaum war ich zurück, hatte ich von neuem Vertrauen. Sylvia las einen Krimi, gegen die Gitterstäbe des Betts gelehnt, den Kopf geneigt. Solange sie bei mir war, hatte ich nichts zu befürchten. Sie trug einen hellgrauen, sehr anliegenden Rollkragen-

pullover, der sie noch zierlicher machte und mit dem schwarzen Haar und dem blauen Strahlen des Blicks kontrastierte.
– Nichts in den Zeitungen? fragte sie mich.
Ich blätterte sie durch, saß am Fußende des Betts.
– Nein. Nichts.

Schließlich verwirrt sich alles. Die Bilder der Vergangenheit fließen zu einer leichten, durchsichtigen Masse zusammen, die sich ausdehnt, anschwillt und die Form eines schillernden Ballons annimmt, der gleich platzen wird. Mit Herzklopfen schrecke ich aus dem Schlaf hoch. Die Stille verstärkt meine Angst. Ich höre den Vortragenden von »Terres lointaines« nicht mehr, dessen monotone Stimme durch ein Mikrofon bis in mein Zimmer drang. Diese Stimme und die Musik des Dokumentarfilms, der gefolgt war – sicher ein Film über den Pazifik, nach den klagenden hawaiischen Gitarren zu schließen –, hatten mich eingelullt, und ich war eingeschlafen.
Ich weiß nicht mehr, ob wir den Neals vor oder nach Villecourts Ankunft in Nizza begegnet waren. Ich kann noch so sehr in meinem Gedächtnis kramen und versuchen, Anhaltspunkte zu finden, es gelingt mir nicht, die beiden Ereignisse auseinanderzuhalten. Im übrigen gab es keine Ereignisse. Niemals. Dieses Wort ist unpassend. Es suggeriert etwas Brutales und Spektakuläres. Doch nein. Alles hat sich in Ruhe und unmerklich abgespielt, so wie auf der Leinwand langsam die Motive eines Wandteppichs entstehen, so wie die Passanten auf dem Trottoir der Promenade des Anglais an uns vorüberzogen.
Gegen sechs Uhr abends saßen wir an einem Tisch der verglasten Terrasse des Queenie. Das violette Licht der Straßenlampen flackerte. Es war Nacht. Wir warte-

ten, ohne recht zu wissen worauf. Wir glichen den Hunderten und Aberhunderten Personen, die im Lauf der Jahre auf derselben Terrasse der Promenade gesessen und ebenfalls gewartet hatten: Menschen, die in die freie Zone geflüchtet waren, Exilanten, Engländer, Russen, Gigolos, korsische Croupiers vom Palais de la Méditerranée. Manche hatten sich seit vierzig Jahren nicht von der Stelle gerührt und tranken an den Nebentischen mit kleinen ruckartigen Gebärden ihren Tee. Und der Klavierspieler? Seit wann klimperte der im Hintergrund des Saales seine Noten herunter zwischen fünf und acht Uhr abends? Ich war so neugierig, ihn zu fragen. Schon immer, hatte er gesagt. Eine ausweichende Antwort wie die von jemandem, der zu gut Bescheid weiß und ein kompromittierendes Geheimnis verbergen will. Kurz und gut, er war ein Typ nach unserem, nach Sylvias und meinem Geschmack. Und jedesmal, wenn er uns kommen sah, gab er uns ein Zeichen der Verständigung: ein freundschaftliches Kopfnicken oder auch ein paar Akkorde, die er kräftig in die Tasten schlug.

An jenem Abend sind wir länger als gewöhnlich auf der Terrasse geblieben. Die Gäste hatten alle nach und nach den Saal verlassen, und es blieben nur noch wir und der Klavierspieler übrig. Es war ein Augenblick der Leere, bevor die ersten Gäste zum Abendessen kamen. Im Restaurantteil des Lokals deckten die Kellner die Tische fertig. Und wir, wir wußten nicht so recht, womit wir diesen Abend ausfüllen sollten. In unser Zimmer in der Pension Sainte-Anne

zurückkehren? In die Abendvorstellung des Kinos Le Forum gehen? Oder ganz einfach warten?
Sie setzten sich an einen Tisch in unserer Nähe. Sie nahmen nebeneinander Platz, uns gegenüber. Er sah eher nachlässig aus in seiner Wildlederjacke, das Gesicht bleich, als käme er von einer langen Reise zurück oder als hätte er achtundvierzig Stunden nicht geschlafen. Sie hingegen war sehr gepflegt: ihre Frisur und ihre Aufmachung ließen vermuten, daß sie zu einer Abendgesellschaft ging. Sie trug einen Pelzmantel; es mußte Zobel sein.
Es geschah auf die banalste und natürlichste Art und Weise. Ich glaube, Neal kam nach einer Weile und bat mich um Feuer. Außer ihnen und uns war niemand mehr auf der Terrasse, und sie begriffen, daß geschlossen wurde.
– Man kann also nicht einmal mehr etwas trinken? sagte Neal lächelnd. Läßt man uns denn vollkommen im Stich?
Ein Kellner bewegte sich träge auf ihren Tisch zu. Ich erinnere mich, daß Neal einen doppelten Kaffee bestellte, was mich in der Vermutung bestätigte, er habe lange nicht geschlafen. Ganz im Hintergrund schlug der Klavierspieler immer dieselben Tasten an, wahrscheinlich um zu prüfen, ob sein Instrument richtig gestimmt war. Kein Gast zeigte sich, der zu Abend essen wollte. Im Saal warteten steif die Kellner. Und diese Klaviertöne, immer dieselben ... Auf der Promenade des Anglais regnete es.
– Man kann nicht sagen, daß hier Atmosphäre herrscht, bemerkte Neal.

Sie rauchte schweigend. Sie lächelte uns zu. Zwischen Neal und uns gab es den Ansatz einer Unterhaltung:
– Wohnen Sie in Nizza?
– Und Sie?
– Ja. Sind Sie in Ferien hier?
– Regen ist nicht sehr lustig in Nizza.
– Vielleicht könnte er etwas anderes spielen, sagte Neal. Er macht mir Kopfschmerzen ...
Er stand auf, er betrat den Saal und ging zu dem Klavierspieler. Die Frau lächelte uns immer noch zu. Als Neal zurückkam, hörten wir die ersten Takte von *Stranger in the Night*.
– Paßt Ihnen diese Musik? fragte er uns.
Der Kellner brachte die Getränke, und Neal schlug uns vor, ein Glas mit ihnen zu trinken. Und wir fanden uns an ihrem Tisch wieder, Sylvia und ich. Das Wort »Begegnung« paßt hier genauso wenig wie das Wort »Ereignis«. Wir sind den Neals nicht begegnet. Sie sind uns ins Netz gegangen. Wären es nicht an jenem Abend die Neals gewesen, wären es am nächsten oder übernächsten Tag andere Leute gewesen. Seit Tagen und Tagen verharrten Sylvia und ich an Durchgangsorten: Hotelhallen und Bars, Caféterrassen der Promenade des Anglais ... Heute scheint es mir, als hätten wir ein riesiges unsichtbares Spinnennetz gewebt und darauf gewartet, daß sich jemand darin verfange.

Sie hatten beide einen unmerklichen ausländischen Akzent. Ich fragte schließlich:
– Sind Sie Engländer?

– Amerikaner, sagte Neal. Meine Frau ist Engländerin.
– Ich bin an der Côte d'Azur aufgewachsen, stellte sie richtig. Ich bin nicht ganz und gar Engländerin.
– Und ich nicht ganz und gar Amerikaner, sagte Neal. Ich wohne seit langem in Nizza.
Sie vergaßen unsere Anwesenheit, und im nächsten Augenblick sprachen sie dann voll herzlicher Liebenswürdigkeit mit uns. Diese Mischung aus Zerstreutheit und Euphorie erklärte sich bei ihm durch jenen Zustand, der durch extreme Müdigkeit und die Zeitverschiebung verursacht wird: gestern war er noch in Amerika, sagte er uns, und seine Frau hatte ihn an diesem Abend erst vom Flughafen abgeholt. Sie hatte nicht mit einer so schnellen Rückkehr gerechnet. Sie wollte gerade mit Freunden ausgehen, als er vom Flughafen aus anrief. Deshalb trug sie dieses Abendkleid und den Pelzmantel.
– Hin und wieder muß ich eine Reise in die Vereinigten Staaten machen, erklärte er.
Auch sie machte den Eindruck zu schweben. War es der Martini, den sie in einem Zug ausgetrunken hatte? Oder war es die verträumte, exzentrische Art der Engländerinnen? Erneut drängte sich mir das Bild des unsichtbaren Spinnennetzes auf, das Sylvia und ich gespannt hatten. Sie waren in einem Zustand verringerter Widerstandskraft darin hängengeblieben. Ich versuchte, mich zu erinnern, wie sie diese Caféterrasse betreten hatten. Waren ihre Gesichter nicht ein bißchen verstört, ihr Gang schwankend gewesen?

– Ich glaube, ich habe nicht die Kraft, zu deinen Freunden zu gehen, sagte Neal zu seiner Frau.
– Macht nichts. Ich werde absagen.
Er stürzte einen dritten Kaffee hinunter.
– Ich fühle mich besser ... Es ist wirklich angenehm, wieder auf dem Boden zu sein ... Ich ertrage das Fliegen nicht ...
Wir wechselten einen Blick, Sylvia und ich. Wir wußten nicht, ob wir uns verabschieden sollten. Oder in ihrer Gesellschaft bleiben. Hatten sie Lust, uns näher kennenzulernen?
Mit einem Schalterknacken erloschen die Lichter der verglasten Terrasse bis auf die des Restaurants, die uns in ein Halbdunkel hüllten.
– Wenn ich recht verstehe, wollen sie uns vertreiben, sagte Neal.
Er kramte in den Taschen seiner Jacke.
– So was Dummes ... Ich habe kein französisches Geld.
Ich schickte mich an, unsere Zeche zu bezahlen, doch Neals Frau hatte bereits ein Bündel Geldscheine aus ihrer Handtasche genommen und legte nachlässig einen davon auf den Tisch.
Neal stand auf. In diesem Halbdunkel zerfurchte die Müdigkeit sein Gesicht.
– Es ist Zeit, nach Hause zu gehen. Ich kann mich nicht mehr aufrecht halten.
Seine Frau nahm seinen Arm, und wir folgten ihnen.

Ihr Auto stand ein bißchen weiter weg auf der Promenade des Anglais, direkt in Höhe jener iranischen Bank, deren staubiges Schaufenster verriet, daß sie seit langem geschlossen war.

– Es hat mich sehr gefreut, Ihre Bekanntschaft zu machen, sagte Neal zu uns. Aber es ist komisch . . . Ich hatte das Gefühl, wir seien uns schon einmal begegnet . . .

Und er blickte nachdrücklich Sylvia an. Daran erinnere ich mich gut.

– Sollen wir Sie irgendwo absetzen? fragte seine Frau.

Ich sagte, das sei nicht nötig. Ich fürchtete, wir, Sylvia und ich, könnten sie nicht mehr loswerden. Ich dachte an jene Betrunkenen, die sich an einen hängen und einen in jede Bar ziehen wollen für ein letztes Glas. Oft werden sie aggressiv. Was aber hatten die Neals mit vulgären Betrunkenen gemein? Sie waren so vornehm, so sanftmütig . . .

– In welchem Viertel wohnen Sie? fragte Neal.

– Beim Boulevard Gambetta.

– Das ist unsere Richtung, sagte seine Frau. Wir setzen Sie ab, wenn Sie wollen . . .

– Einverstanden, sagte Sylvia.

Und ich war verblüfft über ihren kategorischen Ton. Sie zog mich am Arm, als wollte sie mich gegen meinen Willen in Neals Wagen zerren. Wir fanden uns beide auf dem Rücksitz wieder. Neals Frau saß am Steuer.

– Es ist mir lieber, wenn du fährst, sagte Neal. Ich bin so müde, daß ich womöglich noch an einer Laterne lande.

Wir fuhren am Queenie vorbei, dessen Lichter alle

gelöscht waren, dann am Palais de la Méditerranée. Seine Arkaden waren mit Gittern versperrt, und das Gebäude mit den blinden Fenstern und den herabgesunkenen Stores schien dem Abbruch geweiht.

– Wohnen Sie in einer Wohnung? fragte uns Neals Frau.

– Nein. Wir wohnen zur Zeit im Hotel.

Sie hatte die rote Ampel an der Rue de Cronstadt ausgenutzt, um sich zu uns umzudrehen. Sie roch nach Tannennadeln, und ich fragte mich, ob es der Geruch ihrer Haut oder ihres Pelzmantels sei.

– Wir wohnen in einer Villa, sagte Neal, und es wäre uns eine große Freude, Sie einzuladen.

Die Müdigkeit dämpfte seine Stimme und verstärkte seinen leichten ausländischen Akzent.

– Sind Sie für lange in Nizza? fragte Madame Neal.

– Ja, wir sind in Ferien, sagte ich.

– Wohnen Sie in Paris? fragte Neal.

Warum stellte er uns diese Fragen? Vorhin im Café war er nicht besonders neugierig auf uns gewesen. Allmählich ergriff mich Unruhe. Ich wollte Sylvia ein Zeichen geben. Wir würden an der nächsten Ampel aussteigen. Und wenn die Türen blockiert wären?

– Wir wohnen in der Gegend von Paris, sagte Sylvia.

Ihr ruhiger Ton zerstreute meine Befürchtungen. Neals Frau schaltete den Scheibenwischer an wegen des Regens, und ihre gleichmäßige Bewegung beruhigte mich vollends.

– Richtung Marnes-la-Coquette? fragte Neal. Wir haben in Marnes-la-Coquette gewohnt, meine Frau und ich.

– Nein. Ganz und gar nicht, sagte Sylvia. Im Osten von Paris. An der Marne.
Sie hatte diesen Satz wie eine Herausforderung hingeworfen und lächelte mir zu. Ihre Hand war in meine geglitten.
– Diese Ecke kenne ich überhaupt nicht, sagte Neal.
– Das ist eine Ecke, die einen ganz besonderen Charme hat, sagte ich.
– Wo genau? fragte Neal.
– La Varenne-Saint-Hilaire, sagte Sylvia mit klarer Stimme.
Warum sollten wir auf die Fragen nicht aufs natürlichste antworten? Warum hätten wir lügen sollen?
– Aber wir haben nicht vor, dahin zurückzukehren, fügte ich hinzu. Wir möchten an der Côte d'Azur bleiben.
– Sie haben recht, sagte Neal.
Ich war erleichtert. Sylvia und ich hatten so lange mit niemandem geredet, daß wir uns schließlich in dieser Stadt im Kreis drehten wie in einem Käfig. Aber nein, wir hatten nicht die Pest. Wir konnten mit jemandem ein Gespräch führen und sogar neue Bekanntschaften machen.
Der Wagen bog in die Rue Caffarelli ein, und ich zeigte Madame Neal das Tor der Villa Sainte-Anne.
– Das ist kein Hotel, sagte Neal.
– Nein. Eine Pension mit möblierten Zimmern.
Ich bedauerte dieses Wort sogleich, das womöglich ihr Mißtrauen wecken konnte. Vielleicht hatten sie ein Vorurteil gegenüber Leuten, die in einer Pension wohnten.

– Ist es trotzdem komfortabel genug? fragte Neal.
Nein, er hatte offenbar kein Vorurteil dieser Art, sondern eher eine gewisse Sympathie für uns.
– Es ist provisorisch, sagte Sylvia. Wir hoffen, etwas anderes zu finden.
Der Wagen stand vor der Villa Sainte-Anne. Madame Neal hatte den Motor abgestellt.
– Wir könnten Ihnen helfen, ein anderes Quartier zu finden, sagte Neal zerstreut. Nicht wahr, Barbara?
– Natürlich, sagte Madame Neal. Wir sollten uns wiedersehen.
– Ich gebe Ihnen unsere Adresse, sagte Neal. Sie können anrufen, wann Sie wollen.
Er nahm eine Brieftasche aus seiner Tasche, und aus dieser Brieftasche eine Visitenkarte, die er mir reichte.
– Bis bald . . . Ich hoffe, Sie sehr bald wiederzusehen . . .
Madame Neal hatte sich zu uns umgedreht.
– Ich bin wirklich glücklich, Ihre Bekanntschaft gemacht zu haben . . .
War sie wirklich ehrlich? Oder handelte es sich nur um eine Höflichkeitsfloskel?
Sie betrachteten uns beide schweigend in der gleichen Haltung, die Gesichter nahe beieinander.
Ich wußte nicht, was ich sagen sollte. Sylvia auch nicht. Ich glaube, sie hätten es normal gefunden, wenn wir im Wagen geblieben wären, und alles war ihnen gleich. Sie hätten jeden beliebigen Vorschlag von uns angenommen. Es war an uns, die Initiative zu ergreifen. Ich öffnete die Wagentür.

– Bis bald, sagte ich. Und danke, daß Sie uns heimgebracht haben.
Bevor ich das Tor aufmachte, drehte ich mich zu ihnen um und warf einen Blick auf das Nummernschild des Wagens. Die beiden Buchstaben CD gaben mir einen Stich ins Herz. Das hieß CORPS DIPLOMATIQUE, aber einen sehr kurzen Moment lang verwechselte ich dieses Kennzeichen mit dem eines Polizeiautos und dachte, wir seien in die Falle gegangen, Sylvia und ich.
– Das ist ein Wagen, den uns Freunde geborgt haben, sagte Neal belustigt.
Er beugte den Kopf aus dem geöffneten Seitenfenster und lächelte mir zu. Er mußte meinen erstaunten Ausdruck angesichts des Kennzeichens bemerkt haben. Sosehr ich auch gegen das Tor drückte, es bewegte sich nicht. Ich drehte den Knauf wieder und wieder. Endlich, durch einen Stoß mit der Schulter, gab die Tür nach.
Wir machten das Gartentor hinter uns zu, und wir, Sylvia und ich, konnten nicht umhin, sie noch einmal anzuschauen. Sie saßen im Wagen, nebeneinander, reglos, wie versteinert.

Wir fanden den feuchten und schimmligen Geruch des Zimmers wieder. Oft, wenn wir am Ende dieser leeren Tage nach Hause kamen, empfanden wir ein solches Gefühl der Einsamkeit, daß diese Feuchtigkeit und dieser Schimmel durch uns hindurchdrangen. Wir lagen eng beieinander auf dem Bett, dessen Sprungfedern und dessen Messinggestell knarrten, und schließlich waren wir überzeugt, daß auch unsere Haut mit diesem Geruch durchtränkt war. Wir hatten Bettwäsche gekauft und sie mit Lavendel parfümiert. Doch der Geruch wich nicht von uns.

In dieser Nacht war alles anders. Zum erstenmal seit unserer Ankunft in Nizza hatten wir den magischen Kreis durchbrochen, der uns isolierte und allmählich erstickte. Plötzlich schien dieses Zimmer provisorisch. Wir brauchten nicht einmal mehr die Fenster zu öffnen, um es zu lüften, oder uns in die nach Lavendel duftenden Laken zu hüllen. Wir hielten uns den Geruch vom Leibe.

Ich drückte die Stirn gegen die Fensterscheibe und winkte Sylvia zu mir her. Hinter dem Gartenzaun stand immer noch, mit abgestelltem Motor, der Wagen der Neals. Was sagten sie zueinander? Worauf warteten sie? Stellte dieser graue, reglose Wagen eine Bedrohung dar? Wir würden schon sehen, welchen Lauf die Dinge nehmen würden. Alles war besser als diese Kraftlosigkeit, in die wir uns hatten fallen lassen.

Der Motor sprang an. Noch eine Weile, und der Wagen fuhr los und verschwand dann an der Ecke Rue Caffarelli und Avenue Shakespeare.

Jetzt bin ich sicher: Villecourt ist nach unserer ersten Begegnung mit den Neals aufgetaucht. Das Ereignis fand in der folgenden Woche statt. Wir hatten die Neals noch nicht wiedergesehen, da gut zehn Tage vergingen, bis wir sie am Telefon erreichen konnten und sie sich mit uns verabredeten.

Ereignis: auch hier paßt der Begriff nicht. Wir mußten damit rechnen, daß Villecourt uns über den Weg laufen würde.

An sonnigen Vormittagen setzten wir uns zum Zeitunglesen auf eine Bank im Jardin d'Alsace-Lorraine, in der Nähe des Karussells und der Schaukeln. Dort zumindest zogen wir niemandes Aufmerksamkeit auf uns. Mittags aßen wir in einem Café der Rue de France Sandwiches. Dann nahmen wir einen Bus nach Cimiez oder zum Hafen und spazierten über die Rasenflächen im Jardin des Arènes oder durch die Straßen der Altstadt. Gegen fünf Uhr abends kauften wir in der Rue de France antiquarische Krimis. Und da die Aussicht, in die Pension Sainte-Anne zurückzukehren, uns bedrückte, zog es uns immer wieder auf die Promenade des Anglais. Im Rechteck der großen Fensterscheibe heben sich der schmiedeeiserne Zaun und die Palmen vom Garten des Musée Masséna gegen den Himmel ab. Ein Himmel von klarem Blau oder ein rosa Abendhimmel. Die Palmen werden nach und nach zu Schatten, bevor die Straßenlampe an der Ecke Promenade und Rue de Rivoli ein kaltes Licht über sie wirft. Es kommt heute noch vor, daß ich diese Bar durch die massive Holztür der Rue de Rivoli betrete, um nicht die Hotelhalle durchqueren zu müssen. Und ich setze mich immer vor die Fensterfront. Wie an jenem Abend mit Sylvia. Wir wandten den Blick nicht von dieser Fensterfront ab. Der helle Himmel und die Palmen bildeten einen Kontrast zum Halbdunkel der Bar. Doch nach kurzer Zeit hatte mich Unruhe ergriffen, ein Erstickungsgefühl. Wir waren in einem Aquarium gefangen und sahen durch die Scheibe den Himmel und die Vegetation draußen. Wir würden niemals in der freien Luft atmen können. Ich war erleichtert, daß die Nacht kam und die Fensterfront verdunkelte. Dann waren alle Lichter der Bar angegangen, und unter diesen hellen Lichtern verschwand die Unruhe.

Hinter uns, ganz im Hintergrund, glitt langsam die Metalltür eines Aufzugs auf und entließ Hotelgäste, die aus ihren Zimmern herunterkamen. Sie setzten sich an die Tische der Bar. Jedesmal lauerte ich auf das langsame und stille Gleiten und das Erscheinen der Gäste, wie ich ein Uhrwerk beobachtet hätte, dessen Regelmäßigkeit mich beruhigte.

Die Metalltür öffnete sich vor einer Gestalt im dunkelgrauen Anzug, die ich sofort erkannte. Ich wagte nicht einmal, Sylvia ein Zeichen zu geben, damit auch sie den Mann sähe, der da aus dem Aufzug kam: Villecourt.

Er drehte uns den Rücken zu und ging auf die Hotelhalle zu. Er trat aus der Bar heraus, und es bestand keine Gefahr mehr, daß er unsere Anwesenheit bemerkte. Ich flüsterte Sylvia zu:
– Er ist da.
Sie blieb gelassen. Es war, als hätte sie sich auf diese Eventualität vorbereitet. Ich übrigens auch.
– Ich werde nachsehen, ob er es wirklich ist . . .
Sie zuckte mit den Schultern, als wäre das unnötig.
Ich durchquerte die Hotelhalle und stellte mich hinter die verglaste Eingangstür. Er stand auf dem Trottoir an der Ecke der Promenade des Anglais und der Rue de Rivoli, dort, wo die dicken Mietwagen warten. Er sprach mit einem der Chauffeure. Er holte etwas aus seiner Tasche, aber ich konnte nicht unterscheiden, was: ein Notizbuch? Ein Foto? Verlangte er, zu einer bestimmten Adresse gefahren zu werden? Oder zeigte er ihm Fotos von uns in der Hoffnung, daß dieser Chauffeur mit seinem Marderkopf uns gesehen hätte?
Der Chauffeur schüttelte jedenfalls den Kopf, und Villecourt steckte ihm ein Trinkgeld zu. Dann überquerte er an der Ampel die Fahrbahn. Er entfernte sich mit lässigem Schritt auf der linken Seite der Promenade in Richtung Jardin Albert-Ier.

Aus der Telefonzelle am Boulevard Gambetta rief ich im Hotel Negresco an.
– Könnte ich mit Monsieur Villecourt sprechen?
Nach einem Augenblick antwortete der Portier:

– Es gibt keinen Monsieur Villecourt im Hotel.
– Doch, doch ... Ich habe ihn eben in der Bar gesehen ... Er trägt einen dunkelgrauen Anzug ...
– Alle Welt trägt einen dunkelgrauen Anzug, Monsieur.
Ich legte auf.
– Er ist nicht im Negresco, sagte ich zu Sylvia.
– Es ist belanglos, ob er dort ist oder nicht.
Hatte er dem Portier Instruktionen gegeben? Oder einen anderen Namen als seinen genannt? Es war schrecklich, ihn nicht lokalisieren zu können und seine Gegenwart an jeder Straßenecke zu spüren.
Wir gingen zum Abendessen in das Café neben dem Kino Le Forum. Wir beschlossen, uns zu verhalten, als stellte Villecourt keinerlei Bedrohung für uns dar. Wenn wir ihn zufällig träfen und er mit uns sprechen wollte, würden wir so tun, als ob wir ihn nicht kennten. So tun als ob? Es genügte, uns einzureden, daß wir andere Personen waren als dieser Jean und diese Sylvia, die sich früher am Marneufer herumgetrieben hatten. Mit diesen beiden hatten wir nichts mehr gemein. Und Villecourt könnte nicht das Gegenteil beweisen. Vor allem: Villecourt, das war nichts.
Nach dem Abendessen suchten wir einen Vorwand, um nicht sofort in unser Zimmer zurückkehren zu müssen. Wir nahmen zwei Rangplätze im Kino Le Forum.
Und bevor in dem mit altem rotem Samt ausgeschlagenen Saal die Lichter erloschen und die lokale Reklame der Filmleinwand Platz machte, winkten wir der Platzanweiserin, damit sie uns zwei Eistüten brachte.

Beim Verlassen des Kinos aber spürte ich die diffuse Gegenwart von Villecourt. Es war wie der Schimmelgeruch des Zimmers, etwas, das wir niemals loswürden. Es klebte uns auf der Haut. Sylvia nannte Villecourt übrigens manchmal »den klebrigen Russen«, denn er behauptete, sein Vater sei Russe. Noch eine Lüge.
Wir gingen langsam auf dem linken Trottoir den Boulevard Gambetta hinauf. Als wir an der Telefonzelle vorbeikamen, hatte ich Lust, die Neals anzurufen. Bisher hatte niemand geantwortet. Vielleicht riefen wir immer zur falschen Zeit an, oder sie hatten Nizza verlassen. Es hätte mich fast gewundert, wenn sie geantwortet hätten, so rätselhaft und schillernd blieben sie in meiner Erinnerung . . . Existierten sie wirklich? Oder waren sie nur eine Fata Morgana, verursacht durch unseren Zustand extremer Einsamkeit? Doch es hätte mich getröstet, freundschaftliche Stimmen zu hören. Sie hätten Villecourts Anwesenheit in Nizza weniger bedrückend gemacht.
– Woran denkst du? fragte mich Sylvia.
– An den »klebrigen Russen«.
– Der Russe soll uns mal . . .
Das sanfte Gefälle der Rue Caffarelli. Kein Auto. Kein Laut. Einige Villen noch zwischen den Mietshäusern, eine davon, im florentinischen Stil, von einem großen Garten umgeben. Doch am Tor kündigte die Tafel einer Immobiliengesellschaft den baldigen Abbruch zugunsten einer Luxuswohnanlage an, von der man hinten im Garten bereits eine »Musterwohnung« besichtigen konnte. Auf einem verwitterten Marmor-

schild las ich: »Villa Bezobrazoff«. Da hatten Russen gewohnt. Ich zeigte Sylvia das Schild:
– Glaubst du, es waren Verwandte von Villecourt?
– Man müßte ihn fragen.
– Monsieur Villecourt Senior ging vielleicht zu den Bezobrazoffs zum Tee, als er jung war ...
Ich hatte diesen Satz im feierlichen Ton eines Kammerherrn gesprochen. Sylvia lachte schallend.
Im Erdgeschoß der Pension war noch Licht im Salon. Wir gingen so vorsichtig wie möglich, damit der Kies nicht knirschte. Ich hatte die Zimmerfenster offengelassen, und der Duft von nassem Laub und Geißblatt mischte sich mit dem Schimmelgeruch. Aber nach und nach war der Geruch der Stärkere.
Der Diamant funkelte im Mondlicht auf ihrer Haut. Wie hart und kalt er war im Vergleich mit dieser weichen Haut, wie unzerstörbar er schien gegen diesen zierlichen und rührenden Körper ... Mehr als der Geruch des Zimmers, mehr als der uns umschleichende Villecourt war dieser Diamant, der im Halbdunkel glänzte, in meinen Augen plötzlich das offenkundige Zeichen eines Verhängnisses, das auf uns lastete. Ich wollte ihn ihr abnehmen, aber ich konnte die Schließe des Kettchens in ihrem Nacken nicht finden.

Der Zwischenfall ereignete sich zwei Tage später unter den Arkaden der Place Masséna.

Wir kamen zu Fuß aus dem Jardin Albert-Ier, als wir auf Villecourt stießen. Er trat aus dem Zeitschriftenladen. Er trug den dunkelgrauen Anzug, mit dem ich ihn in der Hotelbar gesehen hatte. Ich wandte sofort den Kopf ab und zog Sylvia weiter, indem ich ihren Arm an mich preßte.

Doch er hatte uns inmitten der recht zahlreichen Passanten dieses Samstagnachmittags entdeckt. Mit weit aufgerissenen Augen und starrem Blick ging er auf uns zu und rempelte die paar Passanten an, die uns von ihm trennten. In der Eile hatte er die Zeitungen, die er unter den Arm geklemmt hielt, fallen lassen.

Sylvia zwang mich, den Schritt zu verlangsamen. Sie schien sehr ruhig.

– Hast du Angst vor dem Russen?

Sie bemühte sich zu lächeln. Wir bogen in die Rue de France ein. Er lief zehn Meter hinter uns, denn er war von einer Gruppe Touristen, die aus einer Pizzeria kamen, aufgehalten worden. Er holte uns ein.

– Jean . . . Sylvia . . .

Er rief uns in einem falsch-freundschaftlichen Ton, doch wir gingen weiter, ohne ihm Aufmerksamkeit zu schenken. Er folgte uns auf dem Fuß.

– Wollt ihr nicht mit mir reden? Das ist idiotisch . . .

Er legte mir die Hand auf die Schulter, und der Druck dieser Hand wurde sehr fest. Da drehte ich mich zu

ihm um. Sylvia auch. Wir standen beide bewegungslos vor ihm. Er muß etwas in meinem Blick gelesen haben, was ihn beunruhigt hat, denn er betrachtete mich mit einer Art Furcht.
Ich hätte ihn gern zertreten wie eine Schabe, wenn das möglich gewesen wäre, und danach hätte ich mich gefühlt wie ein Schwimmer, der wieder an die frische Luft zurückkehrt.
– Also . . . Sagt man mir nicht mal guten Tag?
Ja, wenn ich allein gewesen wäre, hätte ich ihn sicher auf die eine oder andere Weise umgebracht, aber in dieser Fußgängerzone der Rue de France, an einem Samstag, mitten am Nachmittag, wo die Passanten immer zahlreicher wurden, käme es beim geringsten Zwischenfall zu einem Auflauf.
– Kennt man die alten Freunde nicht mehr?
Sylvia und ich gingen schneller. Doch er folgte uns immer noch, er hängte sich an uns.
– Nur fünf Minuten, um etwas zu trinken . . . und ein bißchen zu reden . . .
Wir beschleunigten den Schritt. Er holte uns ein, überholte uns, versuchte, uns am Weitergehen zu hindern. Er tänzelte vor uns wie ein Fußballspieler, der versucht, einen Ball abzufangen. Sein Lächeln regte mich auf.
Ich wollte ihn mit einer etwas zu weit ausholenden Armbewegung wegdrängen und verletzte ihn mit dem Ellbogen an den Lippen. Er blutete. Ich hatte den Eindruck, daß etwas nicht Wiedergutzumachendes geschehen war. Schon wandten sich die Passanten zu Villecourt um, über dessen Kinn das Blut rann. Aber er lächelte immer noch.

– So kommt ihr mir nicht davon ...
Sein Ton wurde aggressiver. Er fuhr fort, vor uns von einem Fuß auf den anderen zu hüpfen.
– Wir haben immerhin Probleme zu regeln, nicht? Oder die anderen werden sie für uns regeln ...
Diesmal war er bereit, handgreiflich zu werden. Ich stellte mir vor, wie die Passanten einen Kreis um uns bildeten, einen Kreis, aus dem wir nicht mehr entkommen könnten, und jemand die Polizei riefe und die Grüne Minna aus einer Querstraße böge ... Das war es zweifellos, was Villecourt provozieren wollte.
Von neuem rempelte ich ihn an. Jetzt ging er neben uns, mit dem gleichen raschen Schritt wie wir. Das Blut tropfte ihm vom Kinn.
– Wir müssen miteinander sprechen ... Ich habe euch viele interessante Dinge zu sagen ...
Sylvia hatte meinen Arm genommen, und wir entfernten uns von ihm, aber wie ein Polyp hängte er sich sofort an mich.
– Ihr könnt euch nicht absondern ... Mich gibt es auch ... Wir müssen alles unter uns regeln ... Sonst mischen sich die anderen ein ...
Er umklammerte mein Handgelenk mit einem Druck, der freundschaftlich sein sollte. Um mich zu befreien, versetzte ich ihm mit dem Unterarm einen heftigen Stoß in die Seite. Er stöhnte auf.
– Wollen Sie, daß ich hier auf der Straße Alarm schlage? Daß ich »Haltet den Dieb« schreie?
Er hatte ein komisches Grinsen, das ihm das Gesicht verzerrte.
– Ihr werdet mich immer auf eurem Weg finden ...

Es sei denn, wir könnten uns verstehen ... Das ist die einzige Möglichkeit, zu verhindern, daß die anderen sich einmischen ...
Wir fingen an zu laufen. Durch den Überraschungseffekt hatten wir eine gute Länge Vorsprung. Er rempelte jemanden an, während er uns verfolgte, und zwei Männer traten sofort dazwischen und nahmen ihn sich vor. Wir verschwanden in einem Haustor. Über ein Gäßchen und den Innenhof eines Gebäudes kamen wir wieder auf die Promenade des Anglais.

In der Telefonzelle auf dem Boulevard Gambetta wählte ich erneut die Nummer der Neals. Die Klingelzeichen folgten aufeinander, ohne daß jemand antwortete. Wir wollten nicht in die Pension zurückkehren, Sylvia und ich, und hofften, die Neals würden uns zu sich einladen. Dort wären wir für Villecourt außer Reichweite.
Einen Augenblick später aber auf dem sonnenbeschienenen Trottoir zwischen den Gruppen von Spaziergängern, die dem Meer zustrebten, erschien uns dieser Zwischenfall lächerlich. Es gab keinen Grund, Vorsichtsmaßnahmen zu treffen. Auch wir konnten wie die anderen von diesem milden Wintertag profitieren. Es würde Villecourt all seinen Anstrengungen zum Trotz nicht gelingen, sich in unser neues Leben einzumischen. Er war hinfällig.
– Aber warum hüpfte er vor uns herum? fragte mich Sylvia. Er schien sich nicht in seinem normalen Zustand zu befinden ...

– Nein. Er schien sich nicht in seinem normalen Zustand zu befinden.
Diese Art, uns zu folgen, diese ohne große Überzeugung ausgestoßenen Drohungen verrieten seinen Verschleiß. Er hatte nicht mehr viel Realität. Selbst das Blut, das ihm aus den Lippen übers Kinn geflossen war, schien kein wirkliches Blut zu sein, sondern Kinoblut. Und wir waren ihn mit verwirrender Leichtigkeit losgeworden.
Wir wählten im Jardin d'Alsace-Lorraine eine Bank in der Sonne. Kinder fuhren auf dem grünen Karussell, andere spielten in der Sandkiste, andere saßen auf den Wippen, und das Auf-ab-auf-ab von der Regelmäßigkeit eines Metronoms betäubte uns schließlich. Wenn Villecourt hier vorbeikäme, würde er uns nicht von all diesen Leuten, die auf ihre Kinder aufpaßten, unterscheiden können. Und selbst wenn er uns unter ihnen entdeckte, was wäre dabei? Wir waren nicht mehr in der trüben Umgebung des Marneufers, wo aus dem stehenden Wasser modrige Schlammgerüche aufsteigen. Der Himmel an jenem Nachmittag war zu blau, die Palmen zu hoch, die Häuserfassaden zu weiß und zu rosa, als daß ein Gespenst wie Villecourt diesen sommerlichen Farben standhielte. Er würde sich nicht behaupten. Er würde sich in Luft auflösen, in diese von Mimosenduft durchzogene Luft.

Manchmal gehe ich an der Villa vorbei, wo die Neals wohnten. Sie befindet sich am Boulevard de Cimiez, rechter Hand, etwa fünfzig Meter vor der Kreuzung, die von der Fassade des ehemaligen Hotel Régina beherrscht wird. Die Villa ist eines der wenigen Privathäuser, die in dem Viertel geblieben sind. Aber zweifellos werden auch diese Überreste noch verschwinden. Der Fortschritt ist nicht aufzuhalten.

Daran dachte ich eines Morgens, als ich von einem Spaziergang, der mich nach Cimiez, bis zum Jardin des Arènes, geführt hatte, zurückkam. Ich war vor der Villa stehengeblieben. Seit einiger Zeit wird in dem Teil des Gartens, der verwildert war, ein Gebäude errichtet. Ich frage mich, ob sie schließlich die Villa selbst abreißen oder ob sie sie stehenlassen werden als Dependance des neuen Gebäudes. Vielleicht hat sie Chancen, erhalten zu werden: sie ist keineswegs baufällig und sieht mit ihren Rundbogen-Glastüren wie ein Petit Trianon im Stil der dreißiger Jahre aus.

Man sieht sie kaum, denn sie überragt den Boulevard. Man muß sich auf das gegenüberliegende Trottoir stellen, an die Ecke der Avenue Edouard-VII, um sie richtig zu sehen oberhalb der großen Mauer mit Balustrade. Unten wird die Mauer in der Mitte von einem schmiedeeisernen Tor durchbrochen, hinter dem eine Steintreppe den Hang hinauf zum Perron der Villa führt.

Das Tor steht immer offen, damit die Baustelle zugänglich ist. An der Mauer ist eine weiße Tafel befestigt, auf der man den Namen der Immobiliengesellschaft, die Namen des Architekten und der Unternehmer und das Datum der Baugenehmigung lesen kann. Das Gebäude wird den Namen der Villa tragen: »Château Azur«. Der Eigentümer ist die Gesellschaft S.E.F.I.C. in Nizza, Rue Tonduti-de-l'Escarène.

Eines Tages war ich bei dieser Adresse vorstellig geworden, um den Namen der Person zu erfahren, der die Gesellschaft S.E.F.I.C. das Château Azur abgekauft hatte, und man hatte mir ein paar Einzelheiten genannt, die ich bereits kannte. Unter anderem hatte die Villa der amerikanischen Botschaft gehört, die sie an Privatleute vermietete. Ich bemerkte, daß mein Ansinnen dem leutseligen blonden Immobilienmakler, der mich empfangen hatte, ganz und gar indiskret – ja verdächtig – erschien, und ich hatte nicht darauf beharrt.

Wozu? Lange bevor die Gesellschaft S.E.F.I.C. in den Besitz des Château Azur gelangte und ihr Bauvorhaben realisierte, hatte ich schon versucht, mehr darüber zu erfahren. Doch wie in diesem Büro der Rue Tonduti-de-l'Escarène waren meine Fragen ohne richtige Antworten geblieben.

Vor nun bald sieben Jahren hatte die Villa noch ihre übliche Gestalt. Keine Baustelle, keine Tafel auf der großen Mauer mit der Balustrade. Das Eingangstor war geschlossen. Neben dem Trottoir stand das graue Automobil, dessen Nummernschild die Buchstaben CD trug. Es war derselbe Wagen, in dem die Neals Sylvia und mich an dem Abend, an dem wir sie kennengelernt hatten, in die Pension Sainte-Anne zurückgefahren hatten. Ich läutete am Tor der Villa. Ein etwa vierzigjähriger, dunkelhaariger Mann im marineblauen Anzug erschien:

– Was gibt's?

Er hatte mir diese Frage grob, mit Pariser Akzent, gestellt.

– Ich habe den Wagen eines Freundes erkannt, sagte ich und zeigte auf das graue Automobil. Ich wollte hören, wie es ihm geht.

– Wem?

– Monsieur Neal.

– Sie irren sich, Monsieur. Das ist der Wagen von Monsieur Condé-Jones.

Er stand hinter dem Tor und beobachtete mich mit größtmöglicher Aufmerksamkeit, um die etwaige Gefahr, die ich darstellte, abzuschätzen.

– Sind Sie ganz sicher, sagte ich, daß der Wagen diesem Herrn gehört?

– Natürlich. Ich bin sein Chauffeur.

– Dennoch wohnte hier mein Freund ...

– Sie irren sich, Monsieur ... Das Haus hier gehört der amerikanischen Botschaft ...

– Aber mein Freund war Amerikaner ...

– Das Haus wird vom amerikanischen Konsul bewohnt, Monsieur Condé-Jones ...

– Wie lange schon?

– Seit sechs Monaten, Monsieur.

Durch das Tor sah er mich an, als wäre ich nicht ganz bei Trost.

– Könnte ich diesen Herrn sprechen?

– Sind Sie verabredet?
– Nein. Aber ich bin amerikanischer Bürger, und ich brauche seinen Rat.
Die amerikanische Staatsbürgerschaft, die ich mir verliehen hatte, flößte ihm plötzlich Vertrauen ein.
– In diesem Fall können Sie Monsieur Condé-Jones jetzt sprechen, wenn Sie es wünschen. Um diese Zeit empfängt er.
Er öffnete mir das Tor und trat mit allem meiner amerikanischen Staatsbürgerschaft gebührenden Respekt zur Seite. Dann ging er mir voraus die Treppe hinauf.
Am Rand des leeren Schwimmbeckens vor dem Haus saß ein Mann auf einem der hölzernen Gartenstühle und rauchte, den Kopf leicht hintenüber geneigt, als wollte er sein Gesicht den schwachen Sonnenstrahlen aussetzen.
Er hörte uns nicht kommen.
– Monsieur Condé-Jones . . .
Der Mann senkte seinen Blick auf uns und lächelte aufmerksam.
– Monsieur Condé-Jones, dieser Herr wollte Sie sprechen . . . Er ist amerikanischer Staatsbürger.
Da stand er auf. Ein kleiner, korpulenter Mann, die schwarzen Haare nach hinten gekämmt, ein Schnurrbart, große blaue Augen.
– Was kann ich für Sie tun?
Er hatte diese Frage auf französisch gestellt, ohne den geringsten Akzent, mit einer so sanften Stimme, daß sie wie Balsam auf meine Seele war. Die Formel, die er verwandt hatte, drückte nicht bloße Höflichkeit aus,

sondern eine taktvolle Aufmerksamkeit dem andern gegenüber. Das glaubte ich zumindest seinem Tonfall zu entnehmen. Und zudem hatte mich schon so lange niemand mehr gefragt: »Was kann ich für Sie tun?«

– Ich wollte nur eine Auskunft, stammelte ich.

Der Chauffeur hatte sich verdrückt, und für mich war es ein komisches Gefühl, mich am Rand dieses Schwimmbeckens wiederzufinden.

– Was für eine Auskunft?

Er sah mich wohlwollend an.

– Ich habe gelogen, um Sie sprechen zu können ... Ich habe gesagt, ich sei amerikanischer Staatsbürger ...

– Amerikaner oder nicht, mein lieber Freund, das spielt keine Rolle ...

– Also, sagte ich, ich wollte Auskunft haben über die Leute, die vor Ihnen in dieser Villa gewohnt haben.

– Vor mir?

Er wandte sich ab und rief sehr laut:

– Paul ...

Und sofort erschien der Chauffeur, als hätte er sich ganz nah bei uns, hinter einem Baum oder einer Mauer, versteckt.

– Können Sie uns etwas zu trinken bringen?

– Sofort, Herr Konsul.

Condé-Jones bedeutete mir, ich möge mich auf einen der hölzernen Gartenstühle setzen. Er nahm neben mir Platz. Der Chauffeur kam und stellte uns zu Füßen ein Tablett mit zwei Gläsern, die mit einer milchigen Flüssigkeit gefüllt waren. Pastis? Condé-Jones nahm einen großen Schluck.

– Ich höre . . . Sagen Sie mir alles.
Er schien froh, jemandes Gesellschaft zu haben. Dieser Posten eines Konsuls in Nizza ließ ihm bestimmt viel Freizeit, und sie mußte ausgefüllt werden.
– Ich bin oft hierhergekommen vor einiger Zeit . . . Ich wurde von einem Paar empfangen, das behauptete, Eigentümer des Hauses zu sein . . .
Ich konnte ihm natürlich nicht alles sagen. Ich hatte beschlossen, ihm Sylvias Existenz zu verheimlichen.
– Und wie hießen diese Leute?
– Neal . . . Er war Amerikaner und sie Engländerin . . . Sie benutzten Ihren Wagen, der unten steht.
– Das ist nicht mein Wagen, sagte Condé-Jones, nachdem er das Glas Pastis in einem Zug geleert hatte. Er stand schon hier bei meiner Ankunft . . .

Doch bald stand der Wagen nicht mehr vor der Villa. Jedesmal wenn ich nach Cimiez ging, hoffte ich, er wäre da, neben dem Trottoir. Eines Nachmittags läutete ich, um zu wissen, woran ich war. Niemand antwortete. Ich schloß daraus, daß Condé-Jones mit diesem grauen Wagen des diplomatischen Corps weggefahren war und kein anderer Konsul ihn im Château Azur ersetzte. Später zeigte die Tafel der Immobiliengesellschaft S.E.F.I.C. auf der Mauer mit der Balustrade an, daß die Villa nicht mehr der amerikanischen Botschaft gehörte und daß es wahrscheinlich binnen kurzem überhaupt keine Villa mehr geben würde.
Zum letztenmal hatte ich Condé-Jones an einem Spätnachmittag im April gesehen. Ich hatte ihm meine

Adresse hinterlassen, und er hatte die Liebenswürdigkeit besessen, mir ein Briefchen zu schicken, um mich einzuladen und mir mitzuteilen, daß er alle Auskünfte bezüglich der Villa Château Azur, die geeignet seien, schrieb er, mich zu interessieren, für mich bereithalte.

Er befand sich an derselben Stelle wie an dem Tag unserer ersten Unterredung: am Rand dieses leeren Schwimmbeckens, dessen Grund mit Laub und Tannenzapfen bedeckt war. Ich verdächtigte ihn übrigens, dort unbeweglich verharrt zu haben seit dem Beginn seiner »Amtsübernahme« – wie er ein bißchen selbstironisch sagte. Denn er konnte zwar den Titel eines »Konsuls« für sich geltend machen, doch sein »Amt« in Nizza war sehr vage. Er wußte, daß dieser Posten ein Abstellgleis war, wohin man ihn abgeschoben hatte bis zum Tag seines endgültigen Ruhestandes.

Nun, dieser Tag war gekommen. Nach über zwanzig Jahren treuer Dienste für die Botschaft der Vereinigten Staaten in Frankreich würde er nach Amerika zurückkehren. Er hatte gewollt, daß ich nun komme, um mir die Auskünfte zu geben, die mich interessierten, aber auch – er benutzte oft umgangssprachliche Ausdrücke, die er leicht umformte –, um »zum Abschied einen zu heben«.

– Ich reise morgen ab, hatte Condé-Jones gesagt. Ich gebe Ihnen meine Adresse in Florida, und wenn Sie die Gelegenheit haben, eine Reise dorthin zu machen, würde ich hoch erfreut sein, Sie zu empfangen.

Er empfand Sympathie für mich, obwohl wir uns nur drei- oder viermal gesehen hatten seit dem Tag, an dem ich am Tor der Villa geläutet hatte. Vielleicht war ich nur die einzige Person, die seine Diplomateneinsamkeit durchbrochen hatte.

– Es tut mir leid, die Côte d'Azur zu verlassen ...

Er warf einen nachdenklichen Blick auf das leere Schwimmbecken und den verwilderten Garten, der nach Eukalyptus roch.

Der Chauffeur hatte uns den Aperitif serviert. Wir saßen nebeneinander.

– Ich habe alle Auskünfte für Sie ...

Er reichte mir einen großen blauen Umschlag.

– Ich mußte mich an die Botschaft in Paris wenden ...

– Ich danke Ihnen tausendmal für all diese Mühe.

– Nicht doch ... Ich fand das sehr lehrreich ... Sie werden dieses Dokument mit großer Aufmerksamkeit lesen ... Es lohnt sich ...

Ich hatte den Umschlag auf meinen Schoß gelegt. Er warf mir ein ironisches Lächeln zu.

– Sie hatten mir doch gesagt, Ihr Freund heiße Neal?

– Ja.

– Wie alt ist er?

– Etwa vierzig.

– Dann ist es so, wie ich denke ... es handelt sich um eine Geschichte von ...

Er suchte nach dem Wort. Er sprach ein tadelloses Französisch, doch ab und zu – gewiß eine Diplomatenangewohnheit – suchte er nach dem treffendsten Ausdruck.

Eine Geschichte von Geistern ...

– Geister?

– Ja, ja. Sie werden es selbst sehen.
Aus Höflichkeit wollte ich den Umschlag nicht in seiner Gegenwart öffnen. Er trank in kleinen Schlukken seinen Pastis, während er den in die letzten Sonnenstrahlen getauchten Garten vor uns betrachtete.
– Ich werde mich in Amerika langweilen ... Ich hatte dieses Haus liebgewonnen ... Ein ganz und gar sonderbares Haus, wenn man diesem Dokument glauben darf ... Doch ich habe kein verdächtiges Geräusch gehört während meines Aufenthalts ... Ich habe nachts keine Gespenster gesehen ... Ich muß gestehen, daß ich schlafe wie ein Stein ...
Er klopfte mir freundschaftlich auf den Unterarm.
– Sie haben recht, lieber Freund, die Geheimnisse dieser alten Häuser der Côte d'Azur zu erforschen ...

Der Umschlag enthielt zwei Briefbogen von der gleichen blauen Farbe wie jener mit dem Briefkopf der amerikanischen Botschaft. Die eingeholten und in orangeroten Buchstaben mit der Maschine geschriebenen Auskünfte waren die folgenden: in den dreißiger Jahren hatte Château Azur, Boulevard de Cimiez, einem gewissen E. Virgil Neal gehört, amerikanischer Staatsbürger, Besitzer der Kosmetikfirma Tokalon, deren Büros in Paris in der Rue Auber 7 und in der Rue de la Pompe 183 lagen, in New York in 27 West 20th Street. 1940, zu Beginn der Besetzung, war Neal nach Amerika zurückgekehrt, seine Frau jedoch war in Frankreich geblieben. »Madame Virgil Neal, geborene Bodier, hatte ihre französische Staatsangehörigkeit geltend machen können, um die Leitung der Geschäfte ihres Mannes zu übernehmen und zu vermeiden, daß nach dem Kriegseintritt der Vereinigten Staaten die Kosmetikfirma Tokalon der provisorischen Verwaltung durch die deutschen Behörden unterstellt wurde.«

Die Situation war im September 1944 noch komplizierter geworden, da »Madame Neal während der deutschen Besetzung in Paris und an der Côte d'Azur sehr enge Beziehungen zu einem gewissen Ladd, André unterhalten hatte, geboren am 30. Juni 1916, letzter bekannter Wohnsitz Avenue George V 53, Paris VIII., am 21. Juni 1948 in Abwesenheit wegen Landesverrat verurteilt zu zwanzig Jahren Zwangsarbeit und zwanzig Jahren Aufenthaltsverbot mit vollständiger Beschlagnahmung seines ganzen Besitzes und Verlust der Staatsangehörigkeit«.

Im Bericht der Botschaft hieß es, daß die Villa Château Azur im September 1944 »infolge der Ermittlungen durch die französischen Justizbehörden bezüglich des erwähnten Ladd, André, eines engen Freundes von Madame Virgil Neal ...« beschlagnahmt worden war. Die Villa war von der amerikanischen Armee requiriert worden. Dann wurde im Juli 1948 eine Vereinbarung getroffen, wonach »Monsieur Virgil Neal, Direktor von Tokalon, Manufacturing Chemists and Perfumers, seine Villa Château Azur der Botschaft der Vereinigten Staaten in Frankreich übereignete«.

Es war genau angegeben, daß »Monsieur und Madame Virgil Neal keine Kinder gehabt hatten«.

Condé-Jones hatte diesen Satz mit grüner Tinte unterstrichen und an den Rand geschrieben: »Es gibt nur eins. Entweder sind Ihre Freunde Geister, oder Monsieur und Madame Virgil Neal besitzen ein in ihren Labors von Tokalon, Manufacturing Chemists and Perfumers, hergestelltes Elixier für ewige Jugend. Ich verlasse mich darauf, daß Sie mir des Rätsels Lösung entdecken. Mit herzlichen Grüßen.«

Dennoch habe ich nicht geträumt. Er hieß wirklich Virgil Neal. Ich habe die Visitenkarte aufgehoben, die er mir bei unserer ersten Begegnung gegeben und auf die er die Telefonnummer der Villa geschrieben hatte. In der Zelle der Avenue Gambetta holte ich diese Visitenkarte aus meiner Tasche, bevor ich die Nummer wählte. Darauf stand sehr wohl – ich habe es an jenem Abend noch überprüft –, ohne daß irgendeine Adresse genannt war: Monsieur und Madame Virgil Neal.

Die einzigen Beweise für unsere Begegnung mit den Neals – aber hießen sie Neal, und kann man, wie Condé-Jones nahelegt, an Geister oder an ein Elixier für ewige Jugend glauben? –, die einzigen Spuren, die mich überzeugen, daß ich nicht geträumt habe, sind die Visitenkarte und ein Foto von uns vier – Sylvia, mir und den Neals –, das auf der Promenade des Anglais von einem jener den Touristen auflauernden ambulanten Fotografen aufgenommen worden war.

Ich begegne ihm noch, jenem Fotografen, jedesmal, wenn ich am ehemaligen Palais de la Méditerranée vorbeigehe, da, wo er auf Posten steht. Er grüßt mich, aber er hält nicht seinen Apparat auf mich. Er muß spüren, daß ich kein Tourist mehr bin, jetzt so sehr zur Landschaft gehöre, daß ich mit der Stadt verschmelze.

An dem Tag, als er uns fotografiert hatte, war es weder Sylvia noch den Neals bewußt geworden, und er hatte mir seinen Werbezettel in die Hand gedrückt. Drei Tage später hatte ich das Foto in einem kleinen Laden in der Rue de France abgeholt und nicht einmal Sylvia davon erzählt. Ich hole solche Fotos immer ab, Spuren, die später von einem flüchtigen Moment übrigbleiben, in dem man glücklich war, von einem Spaziergang an einem sonnigen Nachmittag ...

Nein, man soll diese Wachposten mit ihren umgehängten Kameras nie außer acht lassen, die in den Straßen patrouillieren, stets bereit, uns in einem Schnappschuß festzuhalten. All diese Hüter des Gedächtnisses. Ich weiß, wovon ich rede. Auch ich bin Fotograf gewesen.

Ich möchte die Einzelheiten unserer Beziehungen zu den Neals aufschreiben, als verfaßte ich einen Polizeibericht oder als antwortete ich beim Verhör einem Inspektor, der mir wohlgesonnen wäre und bei dem ich die väterliche Sorge, mir zu größerer Klarsicht zu verhelfen, gespürt hätte.

Ich muß diesen Virgil Neal in der Woche nachdem Villecourt wieder aufgetaucht war, telefonisch erreicht haben. Er war »hoch erfreut« – sagte er –, von uns zu hören. Er und seine Frau seien zehn Tage fort gewesen, »auf einer unvorhergesehenen Geschäftsreise«. Doch sie wären »glücklich«, mit uns am nächsten Tag zu Mittag zu essen, wenn das möglich wäre. Er sagte mir die Adresse des Restaurants, wo wir uns um halb eins treffen würden.
Ein italienisches Restaurant mit granatrotverputzter Fassade in der Rue des Ponchettes am Fuße des Schloßbergs. Wir waren die ersten, Sylvia und ich. Man ließ uns an dem Tisch für vier Personen Platz nehmen, den Monsieur Neal reserviert hatte. Keine anderen Gäste außer uns. Kristall. Weiße, gestärkte Tischtücher. An den Wänden Bilder im Stil Guardis. Fenster mit schmiedeeisernen Gittern. Ein monumentaler Kamin, dessen Hinterwand eine Steinplatte mit Lilien bildete. Unsichtbare Lautsprecher verbreiteten die von einem Sinfonieorchester gespielten Refrains berühmter Chansons.
Ich glaube, Sylvia verspürte die gleiche Bangigkeit wie ich. Wir wußten nichts über diese Leute, die uns zum Essen einluden. Warum hatte Neal einen solchen Eifer gezeigt, uns wiederzusehen? Mußte man das unter der herzlichen Vertraulichkeit verbuchen, mit der gewisse Amerikaner einen schon bei der ersten Begegnung mit dem Vornamen anreden und Fotos ihrer Kinder zeigen?

Als sie kamen, entschuldigten sie sich für ihre Verspätung. Neal war ein anderer Mensch als an jenem Abend damals. Er machte nicht mehr den Eindruck zu schweben. Er war frisch rasiert und trug eine sehr weit geschnittene Tweedjacke. Er sprach ohne das mindeste Zögern oder den mindesten angelsächsischen Akzent, und seine Redegewandtheit – wenn ich mich recht entsinne – war das erste, was meinen Verdacht weckte. Sie erschien mir sonderbar, diese Redegewandtheit, bei einem Amerikaner. In manchen Argotwörtern, in der Art, gewisse Sätze zu bringen, erkannte ich eine Mischung aus Pariser Tonfall und südlichem Akzent – aber ein zurückgehaltener, gezügelter Akzent, als würde Neal ihn seit langer Zeit zu verbergen suchen. Seine Frau redete viel weniger als er und mit diesem verträumten und ein bißchen abwesenden Ausdruck, der mich beim letztenmal überrascht hatte. Auch ihr Tonfall war nicht der einer Engländerin. Ich konnte nicht umhin festzustellen:

– Sie sprechen fließend französisch. Man möchte fast meinen, Sie seien Franzosen . . .

– Ich bin in französischsprachigen Schulen erzogen worden. Ich habe meine ganze Kindheit in Monaco verbracht . . . Meine Frau auch . . . Dort haben wir uns kennengelernt . . .

Sie bestätigte es mit einem Kopfnicken.

– Und Sie? fragte er mich plötzlich. Welchen Beruf haben Sie in Paris ausgeübt?

– Ich war Kunstfotograf.

– Kunst?

– Ja. Und ich habe vor, mich in Nizza niederzulassen, um in meinem Beruf weiterzuarbeiten.
Er schien zu überlegen, worin der Beruf des Kunstfotografen bestehe. Schließlich fragte er mich:
– Sie sind verheiratet?
– Ja . . . Wir sind verheiratet, sagte ich und schaute Sylvia fest an. Doch diese Lüge ließ sie ungerührt.
Ich habe es nicht gern, wenn man mir Fragen stellt. Außerdem wollte ich mehr über sie wissen. Und um Neals Mißtrauen zu zerstreuen, wandte ich mich seiner Frau zu:
– Nun, haben Sie eine schöne Reise gehabt?
Sie war verlegen und zögerte, mir zu antworten. Neal aber, sehr gelassen, sagte:
– Ja . . . Eine Geschäftsreise . . .
– Und welche Geschäfte?
Er war nicht auf die abrupte Art gefaßt, in der ich die Frage formuliert hatte.
– Oh . . . ein Geschäft mit Parfums, das ich zwischen Frankreich und den Vereinigten Staaten auf die Beine zu stellen versuche . . . Ich bin mit einem kleinen Fabrikanten von Grasse einig geworden . . .
– Und Sie beschäftigen sich schon lange damit?
– Nein . . . Nein . . . Nur in Mußestunden.
Er hatte diesen Satz etwas von oben herab gesprochen, wie um mir zu verstehen zu geben, daß er es nicht nötig habe, seinen Lebensunterhalt zu verdienen.
– Wir werden sogar ein paar Kosmetika herausbringen . . . Das macht Barbara großen Spaß . . .
Neals Frau hatte ihr Lächeln wiedergefunden.
– Ja . . . Ich interessiere mich für alles, was Kosmetik

betrifft, sagte sie mit ihrem verträumten Ausdruck. Ich werde die Parfums Virgil überlassen ... Ich möchte hier, an der Côte d'Azur, ein Kosmetikinstitut aufmachen ...

– Wir zögern noch, an welchem Ort, sagte Neal. Ich würde bei weitem Monaco vorziehen ... Ich glaube nicht, daß ein solches Institut in Nizza gehen würde ...

Wenn ich mir diese paar Sätze in Erinnerung rufe, bin ich verwirrt, und ich bedaure, daß ich nicht den Zettel mit den Auskünften zur Verfügung hatte, den Condé-Jones mir später übergeben sollte. Was hätte Neal für ein Gesicht gemacht, wenn ich ihm mit einschmeichelnder Stimme gesagt hätte:

– Kurz und gut, Sie wollen die Firma Tokalon wieder ankurbeln?

Und indem ich mein Gesicht dem seinen genähert hätte:

– Sind Sie derselbe Virgil Neal wie der vor dem Krieg?

Sylvia hatte die Manie, den Diamanten zum Mund zu führen und ihn zwischen den Lippen zu halten, als würde sie ein Bonbon lutschen. Neal saß ihr gegenüber, und diese Geste war ihm nicht entgangen.

– Passen Sie auf ... Er wird zergehen ...

Aber er machte nicht nur Spaß. In dem Augenblick, als Sylvia den Druck ihrer Lippen lockerte und der Diamant wieder auf ihren schwarzen Pulli fiel, bemerkte ich den aufmerksamen Blick, mit dem Neal den Stein fixierte.

– Sie haben einen schönen Schmuck, sagte er lächelnd. Nicht wahr, Barbara?
Sie hatte den Kopf gedreht und betrachtete ihrerseits den Diamanten.
– Ist er echt? fragte sie mit kindlicher Stimme.
Sylvias Blick kreuzte meinen.
– Ja, leider ist er echt, sagte ich.
Neal schien überrascht von dieser Antwort.
– Sind Sie sicher? Er ist von beeindruckender Größe.
– Es ist ein Familienschmuck, den meine Schwiegermutter meiner Frau geschenkt hat, sagte ich. Und er ist uns eher lästig.
– Haben Sie ihn schätzen lassen? fragte Neal im Ton höflicher Neugier.
O ja . . . Wir haben eine ganze Akte über diesen Diamanten. Er heißt Kreuz des Südens . . .
– Sie sollten ihn nicht tragen, sagte Neal. Wenn er echt ist . . .
Anscheinend glaubte er mir nicht. Wer hätte mir denn schon geglaubt? Man trägt einen Diamanten dieser Größe und diesen Wassers nicht derart ungeniert. Man hält ihn nicht zwischen den Lippen, bevor man ihn auf den schwarzen Pulli fallen läßt. Man lutscht nicht daran.
– Meine Frau trägt den Diamanten, weil es keine andere Lösung gibt.
Neal runzelte die Stirn.
– Was müßte man tun? Einen Banksafe mieten? sagte ich.
– Wenn man den Diamanten an mir sieht, glaubt jedermann, daß es Talmi ist . . .

– Talmi?

Neal verstand diesen Ausdruck nicht.

– Wir würden ihn gern verkaufen, sagte ich. Es ist nur sehr schwierig, einen Käufer für einen Stein wie diesen zu finden...

Er war nachdenklich und wandte den Blick nicht von dem Diamanten.

– Ich kann einen Käufer für Sie finden. Aber zuerst müßte man eine Expertise anfertigen lassen.

Ich zuckte mit den Schultern.

– Ich wäre hoch erfreut, wenn Sie einen Käufer fänden, aber ich fürchte, daß das schwierig für Sie ist...

– Ich kann einen Käufer finden... Aber Sie müßten mir die Unterlagen zeigen, sagte Neal.

– Ich habe den Eindruck, daß Sie immer noch glauben, es ist Talmi, sagte Sylvia.

Wir verließen das Restaurant. Der Wagen stand am Quai des Etats-Unis, wo sich dicht gedrängt auf den Bänken alte Männer fröstelnd sonnten. Ich erkannte das Nummernschild des diplomatischen Corps. Neal öffnete den Schlag.

– Trinken Sie den Kaffee bei uns, sagte er.

Ich hatte Lust, sie da stehenzulassen. Plötzlich. Ich fragte mich, inwiefern sie uns wohl behilflich sein konnten. Doch man mußte gewissenhaft sein und nicht aus einer bloßen Laune heraus mit ihnen brechen. Sie waren die beiden einzigen Personen, die wir in Nizza kannten.

Wie beim erstenmal saßen Sylvia und ich hinten. Auf dem Boulevard de Cimiez fuhr Neal langsam, und die Autofahrer hupten, damit er sie vorbeiließ.
– Sie sind verrückt, sagte Neal. Sie wollen immer noch schneller fahren.
Ein Fahrer, der ihn überholte, hatte ihn mit Schimpfwörtern überschüttet.
– Es ist mein Kennzeichen des diplomatischen Corps, das sie aufregt. Und dann vermute ich, daß sie sich beeilen müssen, um rechtzeitig im Büro zu sein ...
Er hatte sich zu mir umgedreht:
– Und Sie? Haben Sie schon einmal in einem Büro gearbeitet?
Der Wagen hielt in Höhe der Mauer mit der Balustrade. Neal streckte den Arm aus.
– Das Haus ist da oben. So haben wir den Überblick ... Sie werden sehen ... Es ist ein sehr schönes Haus.
Ich bemerkte über dem Gartentor die Marmortafel, auf der stand: »Château Azur«.
– Mein Vater hat diesen Namen gefunden, sagte Neal. Er hat das Haus vor dem Krieg gebaut ...
Sein Vater? Das beruhigte mich eher.
Wir stiegen die Treppe hinauf, nachdem Neal das Tor abgeschlossen hatte, und kamen in den Garten, der über dem Boulevard de Cimiez hing. Diese Villa mit ihren Trianon-Anklängen erschien mir luxuriös.
– Barbara, bitte, ein bißchen Kaffee ...
Ich war erstaunt, daß es in dieser Umgebung keinen Butler gab. Aber das entsprach vielleicht nicht der

Einfachheit der amerikanischen Gewohnheiten. Die Neals, obwohl sehr reich, waren zweifelsohne kleine Bohemiens, und Frau Neal kochte den Kaffee selber. Ja, Bohemiens. Aber reich. Zumindest wollte ich es mir einreden.

Wir setzten uns auf die hölzernen Gartenstühle, die ich ein Jahr später, als Condé-Jones mich empfing, an derselben Stelle wiederfand. Doch das Schwimmbekken vor uns war nicht leer.

An der Oberfläche des blaugrünen Wassers trieb Astwerk und dürres Laub. Neal hatte einen Stein aufgehoben und warf ihn so, daß er auf dem Wasser hüpfte.

– Ich müßte das Becken leeren und den Garten aufräumen, sagte er.

Er war verwildert. Gestrüpp versperrte die Kieswege, die von Unkraut überwuchert waren. Am Rand des Rasens, der nur noch Wildnis war, stand eine in der Mitte gesprungene Brunnenschale.

– Wenn mein Vater das sähe, er verstünde es nicht. Aber ich habe keine Zeit, mich um den Garten zu kümmern . . .

Aus seiner Stimme klangen Ehrlichkeit und Trauer.

– Zur Zeit meines Vaters war das vollkommen anders. Auch Nizza war eine andere Stadt . . . Wußten Sie, daß die Polizisten auf den Straßen Tropenhelme trugen?

Seine Frau stellte das Tablett auf die Steinplatten des Bodens. Sie hatte ihr Kleid mit Bluejeans vertauscht. Sie goß den Kaffee in die Tassen, die sie uns mit einer anmutigen Armbewegung reichte.

– Wohnt Ihr Vater immer noch hier? fragte ich Neal.
– Mein Vater ist tot.
– Das tut mir leid . . .
Um mir über meine Verlegenheit hinwegzuhelfen, lächelte er mir zu.
– Ich sollte dieses Haus verkaufen . . . Aber ich kann mich nicht entschließen . . . Es ist voller Kindheitserinnerungen . . . Vor allem der Garten . . .
Sylvia war mit lässigem Schritt auf das Haus zugegangen und drückte ihre Stirn an eine der großen Glastüren. Neal beobachtete sie mit leicht verzerrten Gesichtszügen, als fürchtete er, sie könnte etwas Verdächtiges entdecken.
– Ich werde Ihnen das Haus zeigen, wenn alles saubergemacht ist . . .
Er sprach mit lauter, gebieterischer Stimme. Vielleicht wollte er sie daran hindern, die angelehnte Glastür aufzustoßen und einzutreten.
Er ging zu ihr. Mit einem Druck seines Arms auf die Schulter zog er sie mit sich, und sie kamen wieder zu uns an den Rand des Schwimmbeckens. Es war, als würde er ein Kind zurückbringen, das die Zerstreutheit seiner Eltern ausgenutzt und sich vom Sandkasten entfernt hatte.
– Man müßte das Haus vollkommen renovieren . . . Ich wage nicht, es Ihnen sofort zu zeigen . . .
Er schien erleichtert, Sylvia in einem Abstand von den Glastüren zu sehen.
– Wir wohnen hier sehr selten, meine Frau und ich . . . Höchstens ein oder zwei Monate im Jahr . . .
Ich hatte Lust, meinerseits zum Haus zu gehen, um zu

sehen, wie Neal sich verhielte. Würde er mir den Weg versperren? Dann würde ich mich zu ihm neigen und ihm ins Ohr flüstern:

– Sie scheinen in diesem Haus etwas zu verbergen ... Eine Leiche?

– Mein Vater ist vor zwanzig Jahren gestorben, sagte Neal.

Solange er da war, ging alles gut ... Das Haus und der Garten waren tadellos gepflegt ... Der Gärtner war ein außergewöhnlicher Mann ...

Mit einem Schulterzucken zeigte er mir das Gestrüpp und die vom Unkraut überwucherten Wege.

– Von jetzt an werden Barbara und ich länger in Nizza bleiben ... Vor allem, wenn wir dieses Kosmetikinstitut aufmachen ... Und ich werde alles wieder instand setzen ...

– Wo wohnen Sie denn meistens? fragte Sylvia.

In London und in New York, antwortete Neal. Meine Frau hat ein sehr hübsches kleines Haus in London, im Stadtteil Kensington.

Sie rauchte und schien nicht zu achten auf das, was ihr Mann sagte.

Wir saßen alle vier auf den Gartenstühlen, die am Rand des Schwimmbeckens einen Halbkreis bildeten, und alle hatten wir unsere Kaffeetasse auf der linken Armlehne abgestellt. Diese Symmetrie verursachte mir ein vages Unbehagen, als ich bemerkte, daß sie nicht nur unseren Kaffeetassen zu verdanken war. Die ausgewaschenen Bluejeans von Barbara Neal waren in Form und Farbe identisch mit denen von Sylvia. Und da sie beide die gleiche lässige Haltung einnahmen, stellte ich fest, daß sie die gleiche schmale Taille hatten, die die Biegung der Hüften hervorhob, so daß ich beim Anblick ihrer Hüften und ihrer Taillen außerstande gewesen wäre, sie voneinander zu unterscheiden. Ich trank einen Schluck Kaffee. Neal hatte im selben Augenblick wie ich die Tasse an die Lippen geführt, und wir hatten die Tassen mit einer synchronen Gebärde auf unsere Armlehnen gestellt.

Es war an jenem Nachmittag noch einmal vom Kreuz des Südens die Rede. Neal fragte Sylvia:
– Sie wollen also wirklich Ihren Diamanten verkaufen?
Er beugte sich zu ihr und nahm den Stein zwischen Daumen und Zeigefinger, um ihn zu prüfen. Dann legte er ihn mit Zartgefühl auf Sylvias schwarzen Pulli zurück. Ich verbuchte das unter der Art gewisser Amerikaner, ungeniert zu sein. Sylvia hatte sich nicht um einen Millimeter bewegt und schaute weg, als wollte sie Neals Geste ignorieren.
– Ja, wir würden ihn gern verkaufen, sagte ich.
– Wenn es ein echter Stein ist, dann ist das kein Problem. Er nahm die Sache sichtlich ernst.
– Sie brauchen sich keine Sorgen zu machen, sagte ich herablassend. Es ist ein echter Diamant. Übrigens ist es ja gerade das, was uns beunruhigt . . . Wir wollen einen Stein von dieser Bedeutung nicht behalten . . .
– Meine Mutter hat ihn mir zur Hochzeit geschenkt mit dem Rat, ihn zu verkaufen, sagte Sylvia. Sie dachte, daß Diamanten Unglück bringen . . . Sie selbst

hatte versucht, ihn zu verkaufen, aber sie fand keinen passenden Kunden . . .

– Wieviel wollen Sie dafür? fragte Neal.

Er schien diese brutale Frage zu bedauern. Er bemühte sich zu lächeln:

– Entschuldigen Sie . . . Ich bin indiskret . . . Wegen meines Vaters . . . In sehr jungen Jahren war er mit einem großen amerikanischen Diamantenhändler assoziiert. Er hat mir seine Vorliebe für wertvolle Steine vererbt . . .

– Wir wollen etwa eine Million fünfhunderttausend Franc dafür, sagte ich schroff. Das ist ein durchaus angemessener Preis für diesen Diamanten. Er ist doppelt soviel wert.

– Wir hatten vor, ihn bei Van Cleef in Monte Carlo zu deponieren, damit er für uns einen Kunden finde, sagte Sylvia.

– Bei Van Cleef? wiederholte Neal.

Dieser Name mit dem massiven, grellen Glanz gab ihm zu denken.

– Ich kann ihn nicht immer um den Hals tragen wie eine Leine, sagte Sylvia.

Barbara Neal lachte ein kleines spitzes Lachen.

– O ja . . . Sie haben recht, sagte sie. Er könnte Ihnen auf der Straße weggerissen werden.

Und ich fragte mich, ob es ihr Ernst war oder ob sie sich über uns lustig machte.

– Ich könnte Kunden für Sie finden, sagte Neal. Barbara und ich kennen Amerikaner, die imstande wären, Ihnen diesen Diamanten abzukaufen. Nicht wahr, Liebling?

Er nannte einige Namen. Sie stimmte mit einem Kopfnicken zu.
– Und Sie glauben, daß sie den Preis zahlen, den ich Ihnen genannt habe? sagte ich mit sehr sanfter Stimme.
– Gewiß.
– Wollen Sie etwas trinken? fragte Barbara Neal.
Ich warf Sylvia einen Blick zu. Ich hatte Lust zu gehen. Doch sie schien sich wohl zu fühlen in diesem sonnigen Garten, den Nacken auf die Stuhllehne gestützt, die Augen geschlossen. Barbara Neal ging zum Haus. Neal deutete auf Sylvia und sagte leise:
– Glauben Sie, daß sie schläft?
– Ja.
Er neigte sich zu mir. Und noch leiser sagte er:
– Was den Diamanten angeht ... Ich glaube, ich werde ihn selbst kaufen, wenn Sie mir beweisen, daß er wirklich echt ist ...
– Er ist es.
– Ich möchte ihn Barbara zu unserem zehnten Hochzeitstag schenken.
Er las Mißtrauen in meinem Blick.
– Seien Sie beruhigt ... Ich bin ganz gewiß solvent ...
Er drückte sehr fest meinen Arm, um mir begreiflich zu machen, daß ich aufmerksam zuhören sollte:
– Es ist nicht mein Verdienst: ich habe mir nur die Mühe gemacht, auf die Welt zu kommen und viel, viel Geld von meinem Vater zu erben ... Das ist ungerecht, aber so ist es ... Haben Sie jetzt Vertrauen? Halten Sie mich für einen seriösen Kunden?

Er brach in Gelächter aus. Vielleicht wollte er, daß ich den aggressiven Ton vergäße, in dem er dies gesagt hatte.
– Es soll keine Verlegenheit zwischen uns aufkommen . . . Ich kann eine Anzahlung leisten . . .

Neal schlug vor, uns mit dem Wagen nach Hause zu bringen, aber ich sagte zu ihm, daß wir lieber zu Fuß gingen. Auf dem Trottoir des Boulevard de Cimiez hob ich den Kopf: da oben lehnten sie beide über der Balustrade des Gartens und sahen uns nach. Neal winkte mir zu. Wir hatten ausgemacht, uns am nächsten Tag anzurufen und eine Verabredung zu treffen. Nach ein paar Schritten drehte ich mich noch einmal um. Sie standen immer noch regungslos da, mit den Ellbogen auf die Balustrade gestützt.
– Er will den Diamanten kaufen, um ihn seiner Frau zu schenken, sagte ich zu Sylvia.
Es schien sie nicht zu überraschen.
– Zu welchem Preis?
– Zu dem, den ich genannt habe. Meinst du, sie haben wirklich Geld?
In der strahlenden Sonne gingen wir langsam den Boulevard de Cimiez hinunter. Ich hatte meinen Mantel ausgezogen. Ich wußte, daß Winter war und daß die Nacht bald hereinbrechen würde, doch in jenem Augenblick kam es mir vor wie im Juli. Diese Verwechslung der Jahreszeiten, die wenigen Autos, die vorbeifuhren, diese Sonne, die so klar umrisse-

nen Schatten auf dem Trottoir und auf den Wänden . . .
Ich drückte Sylvias Handgelenk:
– Hast du nicht den Eindruck, daß alles ein Traum ist?
Sie lächelte mir zu, aber ihr Blick war unruhig.
– Und glaubst du, daß wir schließlich aufwachen werden? fragte sie mich.
Wir gingen schweigend bis zur Biegung des Boulevards, den die geschwungene Fassade des ehemaligen Hotel Majestic überragt, und durch die Avenue Dubouchage gelangten wir wieder in die Stadtmitte. Ich war erleichtert, mich wieder unter den Arkaden der Place Masséna zu befinden, im Verkehrslärm und in der Menge der Gaffer und derjenigen, die von der Arbeit kamen und auf den Bus warteten. Dieses ganze Getriebe gab mir das trügerische Gefühl, aus dem Traum herauszutreten, in dem wir gefangen waren.

Ein Traum? Eher das Gefühl, daß die Tage verstrichen, ohne daß wir es merkten, ohne die geringste Unebenheit, die uns erlaubt hätte, ihnen beizukommen. Wir bewegten uns wie auf einem Rollsteg, und die Straßen zogen vorüber, und wir wußten nicht mehr, ob der Rollsteg uns mitnahm oder ob wir stillstanden, während die Landschaft um uns davonglitt durch jenen Kunstgriff des Kinos, den man Rückprojektion nennt.
Manchmal zerriß der Schleier, niemals am Tag, sondern nachts, wegen der frischeren Luft und der schim-

mernden Lichter. Wir gingen die Promenade des Anglais entlang, wir hatten wieder festen Boden unter den Füßen. Die Stumpfheit, die uns seit der Ankunft in dieser Stadt befallen hatte, verschwand. Wir fühlten uns noch als Herren unseres Geschicks. Wir konnten Pläne machen. Wir würden versuchen, die italienische Grenze zu passieren. Die Neals würden uns dabei helfen. In ihrem Wagen mit dem CD-Kennzeichen würden wir von Frankreich nach Italien überwechseln, ohne kontrolliert zu werden und ohne auf uns aufmerksam zu machen. Und wir würden gen Süden fahren bis nach Rom, unserem Ziel, der einzigen Stadt, wo ich mir vorstellte, dort für den Rest unserer Tage bleiben zu können. Rom, das derart trägen Naturen wie den unseren so sehr entsprach.

Am Tag entzog sich alles. Nizza, sein blauer Himmel, seine hellen Gebäude, die aussahen wie riesenhafte Torten oder Schiffe, die ausgestorbenen und sonnenbeschienenen Straßen am Sonntag, unsere Schatten auf dem Trottoir, die Palmen und die Promenade des Anglais, dieser ganze Dekor glitt als Rückprojektion vorüber. Die endlosen Nachmittage, an denen der Regen auf das Zinkdach trommelte, verbrachten wir in dem feuchten und schimmligen Geruch des Zimmers in der Vorstellung, verlassen zu sein. Später habe ich mich an diesen Gedanken gewöhnt, und heute fühle ich mich wohl in dieser Geisterstadt, wo die Zeit stehengeblieben ist. Wie jene, die in langsamem Zug die Promenade entlangdefilieren, akzeptiere ich, daß eine Feder in mir gesprungen ist. Ich bin von den Gesetzen der Schwerkraft befreit. Ja, ich schwebe mit den anderen Einwohnern von Nizza. Doch in der Zeit der Pension Sainte-Anne war dieser Zustand für uns neu, und zusammenzuckend wehrten wir uns noch gegen die Starre, die sich unserer bemächtigte. Das einzige Feste und Beständige in unserem Leben, der einzige unveränderliche Anhaltspunkt war dieser Diamant. Hat er uns Unglück gebracht?

Wir haben die Neals wiedergesehen. Ich erinnere mich an eine Verabredung mit ihnen in der Bar des Hotel Negresco um drei Uhr nachmittags. Wir warteten auf sie am Fenster sitzend. Es schnitt ein Stück Himmel aus, dessen Blau in diesem Halbdunkel, das uns umhüllte, noch klarer und unerreichbarer war.

– Und wenn Villecourt kommt?

Ich hatte ihn immer bei seinem Familiennamen genannt.

– Wir tun, als kennten wir ihn nicht, sagte Sylvia. Oder wir lassen ihn mit den Neals allein und verschwinden endgültig.

Bei diesem Wort, verschwinden, aus Sylvias Mund wird mir heute eiskalt ums Herz. Doch an jenem Nachmittag hatte ich gelacht beim Gedanken daran, daß die Neals und Villecourt am selben Tisch säßen, ohne so recht zu wissen, was sie sich sagen sollten, und allmählich beunruhigt wären über unsere lange Abwesenheit.

Nun, Villecourt war aber nicht gekommen.

Und wir waren mit den Neals ein paar Schritte die Promenade des Anglais entlanggegangen. An diesem Tag war es, daß der Fotograf, der vor dem Palais de la Méditerranée auf dem Posten war, seinen Apparat auf uns gerichtet und mir die Karte des Ladens in die Hand gedrückt hatte, wo ich die Fotos in drei Tagen abholen konnte.

Der Wagen des diplomatischen Corps stand vor dem

Karussell des Jardin Albert-Ier. Neal sagte uns, er würde mit seiner Frau »auf einen Sprung« nach Monaco fahren, um »Geschäfte abzuwickeln«. Er trug einen Rollkragenpullover und seine alte Wildlederjacke vom ersten Abend; Barbara Neal trug Bluejeans und eine Zobeljacke.

Neal nahm mich beiseite. Wir standen vor dem Karussell, das sich langsam drehte. Nur ein einziges Kind saß in einem der roten Schlitten, die für alle Ewigkeit von weißen Holzpferden gezogen wurden.

– Das erinnert mich an ein Erlebnis aus meiner Kindheit. Ich muß zehn Jahre alt gewesen sein . . . ja . . . 1950 . . . 1951 . . . Ich ging mit meinem Vater und einem Freund meines Vaters spazieren . . . Und ich wollte mit diesem Karussell fahren. Der Freund meines Vaters ist mit mir gefahren . . . Wissen Sie, wer dieser Freund meines Vaters war? Errol Flynn . . . Sagt Ihnen das etwas, Flynn?

Er faßte mich mit einer Beschützergebärde um die Schulter.

– Ich wollte mit Ihnen über den Diamanten sprechen . . . Barbara hat bald Geburtstag . . . Ich werde Ihnen so bald wie möglich eine Anzahlung leisten . . . Mit einem Scheck meiner Bank in Monaco . . . Einer englischen Bank . . . Ist Ihnen das recht?

– Wie Sie wollen.

– Ich werde den Diamanten in einen Ring einarbeiten lassen . . . Barbara wird begeistert sein.

Wir gesellten uns wieder zu Sylvia und Barbara. Die Neals umarmten uns, bevor sie in den Wagen stiegen. Sie waren ein sehr schönes Paar – so schien es mir an jenem Tag. Und dann ist die Luft manchmal im Winter an der Côte d'Azur so mild, der Himmel und das Meer so blau und so leicht das Leben an einem sonnigen Nachmittag auf der Küstenstraße von Villefranche, daß alles möglich scheint: die Schecks englischer Banken von Monaco, die einem in die Tasche gesteckt werden, und Errol Flynn auf dem Karussell im Jardin Albert-Ier.

– Heute abend gehen wir mit Ihnen zum Essen ins Coco-Beach! Neals Stimme am Telefon klang schmetternd. Er hatte überhaupt keinen amerikanischen Akzent mehr, selbst als er Coco-Beach aussprach.
– Wir holen Sie nach acht Uhr in Ihrem Hotel ab.
– Und wenn wir uns irgendwo draußen verabreden würden? schlug ich vor.
– Nein, nein ... Es ist viel einfacher, in Ihrem Hotel vorbeizukommen ... Es kann sein, daß wir uns ein bißchen verspäten ... Ab acht Uhr in Ihrem Hotel ... Wir werden hupen ...
Es war zwecklos, ihm zu widersprechen. Na gut. Ich antwortete, daß ich einverstanden sei. Ich legte auf und verließ die Telefonzelle des Boulevard Gambetta ...
Wir ließen das Fenster unseres Zimmers offen, um die Hupe zu hören. Wir hatten uns beide hingelegt, denn das einzige Möbel, auf dem man sich in diesem Zimmer aufhalten konnte, war das Bett.
Kurz vor der Dämmerung hatte es begonnen zu regnen, ein feiner Sprühregen, der nicht auf das Zinkdach trommelte und uns die Illusion gab, in einem Zimmer von Le Touquet oder Cabourg zu sein.
– Wo ist das, Coco-Beach? fragte Sylvia.
Bei Antibes? Bei Cap Ferrat? Oder sogar noch weiter weg?
Coco-Beach ... Das hatte den Klang und den Geruch von Polynesien, die in meiner Vorstellung eher mit den

Stränden von Saint-Tropez verbunden waren: Tahiti, Morea ...
– Glaubst du, daß es weit weg ist von Nizza?
Ich hatte Angst vor einer langen Autofahrt. Ich hatte mich vor solchen späten Ausflügen in Restaurants und Nachtlokale stets gehütet, an deren Ende man auf die Bereitwilligkeit eines Tischgenossen warten muß, der einen nach Hause fährt. Er ist betrunken, und man ist ihm auf der ganzen Fahrt ausgeliefert.
– Und wenn wir sie versetzen würden? sagte ich zu Sylvia.
Wir würden das Licht im Zimmer ausmachen. Sie würden das Tor der Pension Sainte-Anne aufstoßen und den Garten durchqueren. Die Besitzerin würde die Glastür des Salons öffnen. Ihre Stimmen auf der Veranda. Jemand würde mehrmals an unserer Tür klopfen. Man würde uns rufen. »Sind Sie da?« Stille. Und dann würden wir erleichtert hören, wie die Schritte sich entfernen und das Gartentor wieder geschlossen wird. Endlich allein. Nichts kommt dieser Wonne gleich.
Dreimaliges Hupen, so dumpf wie von einem Nebelhorn. Ich beugte mich aus dem Fenster und sah Neals Gestalt, die hinter dem Tor wartete.
Auf der Treppe sagte ich zu Sylvia:
– Wenn Coco-Beach zu weit ist, bitten wir sie, im Viertel zu bleiben. Wir sagen ihnen, daß wir früh zurückkommen müssen, weil wir einen Anruf erwarten.
– Oder wir lassen sie sitzen, sagte Sylvia.

Es regnete nicht mehr. Neal winkte uns mit einer großen Armbewegung.
– Ich hatte Angst, Sie könnten die Hupe nicht hören.
Er trug einen Rollkragenpullover und seine alte Wildlederjacke.
Der Wagen stand an der Ecke der Avenue Shakespeare. Ein schwarzer, geräumiger Wagen, dessen Marke ich nicht hätte sagen können. Vielleicht eine deutsche. Kein Kennzeichen des diplomatischen Corps, sondern eine Pariser Nummer.
– Ich habe den Wagen wechseln müssen, sagte Neal. Der andere geht nicht mehr.
Er öffnete uns eine Tür. Barbara Neal wartete vorn in ihrer Zobeljacke. Neal setzte sich ans Steuer.
– Und los geht's zum Coco-Beach! sagte er, indem er eine brutale Kehrtwendung machte.
Er fuhr für meinen Geschmack viel zu schnell die Rue Caffarelli hinunter.
– Ist es weit zum Coco-Beach? fragte ich.
– Überhaupt nicht, sagte Neal. Gleich hinterm Hafen. Es ist das Lieblingsrestaurant von Barbara.
Sie hatte sich zu uns umgedreht. Sie lächelte uns zu. Sie roch nach ihrem Fichtennadelduft.
– Ich bin sicher, daß dieser Ort Ihnen gefallen wird, sagte sie.

Wir fuhren um den Hafen herum. Und dann am Parc Vigier und am Club Nautique vorbei. Neal lenkte den Wagen in eine gewundene Straße, die am

Meer entlangführte. Er hielt in Höhe eines Pontons, den ein Leuchtschild erhellte.
– Coco-Beach! Alles aussteigen!
In seiner Stimme war gezwungene Fröhlichkeit. Warum wollte er an diesem Abend den Spaßmacher spielen?
Wir gingen über den Ponton. Neal hatte seiner Frau und Sylvia vertraulich den Arm um die Schultern gelegt. Es ging ein ziemlich starker Wind, und er sagte:
– Vorsicht, nicht über Bord gehen!
Wir stiegen eine schmale Treppe hinunter, deren Geländer ein dickes geflochtenes weißes Seil war, und über einen Laufsteg kamen wir in den Speisesaal des Restaurants. Ein Maître d'hôtel in weißem Anzug und Seemannsmütze erschien:
– Auf welchen Namen haben Sie reserviert, Monsieur?
– Capitaine Neal!
Der Speisesaal, der in etwa zehn Meter Höhe auf das Meer hinausragte, war rundum verglast. Der Seemann führte uns zu einem Tisch am Fenster. Neal wollte, daß Sylvia und ich uns auf die Seite des Tisches setzten, von der wir einen großartigen Blick auf Nizza hatten. Einige wenige Gäste redeten leise.
– Das Restaurant läuft vor allem im Sommer, sagte Neal. Sie machen das Dach auf, und es wird eine Terrasse unter freiem Himmel. Stellen Sie sich vor, es war der ehemalige Gärtner meines Vaters, der dieses Restaurant vor etwa zwanzig Jahren eröffnet hat . . .
– Und ist er immer noch der Inhaber? fragte ich.
– Nein. Leider. Er ist tot.

Diese Antwort hat mich enttäuscht. Meine Stimmung war an diesem Abend nicht gut, und ich hätte gern den ehemaligen Gärtner von Neals Vater getroffen. So hätte ich die Sicherheit gehabt, daß Neal tatsächlich einer sehr reichen und sehr ehrbaren amerikanischen Familie angehörte.

Die Kellner des Restaurants waren nach dem Vorbild des Maître d'hôtel mit einem weißen Blazer mit Goldknöpfen und einer weißen Hose bekleidet, aber sie waren barhäuptig. Über der Eingangstür trug eine weiße Boje in blauen Buchstaben die Inschrift: Coco-Beach.

– Schöner Blick, was? sagte Neal, indem er sich mit einer lebhaften Bewegung des Oberkörpers umdrehte.

Vor Sylvia und mir öffnete sich die ganze Baie des Anges mit ihren Schattenlöchern und ihren stellenweise helleren Lichtern. Scheinwerfer strahlten die Felsen und das tortenartige Totendenkmal am Fuß des Schloßbergs an. Der Jardin Albert-Ier dort drüben war ebenso erleuchtet wie die weiße Fassade und die rosa Kuppel des Negresco.

– Man könnte meinen, auf einem Schiff zu sein, sagte Barbara.

Ja. Die weißgekleidete Mannschaft bewegte sich lautlos zwischen den Tischen, und ich bemerkte, daß sie Espadrilles trugen.

– Sie werden doch nicht seekrank? fragte Neal.

Diese Frage versetzte mich in leichte Angst. Oder waren es die Regentropfen auf den Fensterscheiben und der Wind, der die weiße Flagge gegen das Coco-Beach-

Schild klatschen ließ, das vor dem Restaurant auf einem Ponton befestigt war wie die Galionsfigur einer Yacht?

Einer der Kellner in weißer Uniform gab jedem von uns eine Speisekarte.

– Ich empfehle Ihnen die Bourride, sagte Neal. Oder, wenn Sie das mögen, sie machen das Aioli, wie ich es sonst nirgendwo gegessen habe.

Die Amerikaner sind manchmal Feinschmecker, und mit all ihrem Ernst und ihrem guten Willen werden sie gewiefte Kenner der französischen Küche und der französischen Weine. Doch Neals Ton, die Mimik seines Gesichts, die grobe Geste mit dem Daumen und seine Art, die Bourride und das Aioli zu rühmen, gemahnten mich an ganz bestimmte Orte. Plötzlich hatte ich bei Neal einen Geruch von Cannebière und Pigalle in der Nase.

Während der ganzen Mahlzeit tauschten Sylvia und ich Blicke aus. Ich glaube, wir dachten an dasselbe: es wäre so leicht gewesen, sie da sitzenzulassen ... Doch die Aussicht, den Hafen erreichen zu müssen, hat mich davon abgehalten. Vom Hafen an konnten wir in den Gassen Nizzas verschwinden, bis dahin aber mußte man eine verlassene Straße entlanggehen, und sie würden uns leicht mit ihrem Wagen einholen. Sie würden anhalten und eine Erklärung verlangen. Ihnen antworten, sich entschuldigen oder sie zum Teufel schicken ... All das nützte nichts, da sie ja unsere Adresse kannten. In meiner

Vorstellung waren sie ebenso klebrig wie Villecourt. Nein, es war besser, die Dinge vorsichtig anzugehen . . .

Mein Unbehagen verstärkte sich beim Nachtisch, als Neal sich zu Sylvia beugte, mit seinem Zeigefinger den Diamanten berührte und zu ihr sagte:

– Und Sie tragen immer noch Ihren Klunker?

– Haben Sie diese Ausdrücke in den Kollegs von Monaco gelernt? fragte ich ihn.

Er kniff die Augen zusammen. In seinem Blick war Härte.

– Ich habe lediglich Ihre Frau gefragt, ob sie immer noch ihren Klunker trägt . . .

Er, der so Liebenswürdige, wurde plötzlich aggressiv. Vielleicht hatte er während des Essens zuviel getrunken. Barbara schien verlegen und zündete sich eine Zigarette an.

– Meine Frau trägt einen Klunker, sagte ich, aber dieser Klunker übersteigt Ihre Mittel.

– Glauben Sie?

– Ich bin sicher.

– Und wer sagt Ihnen das?

– Eine Intuition.

Er brach in ein großes Gelächter aus. Sein Blick war sanfter geworden. Er betrachtete mich jetzt mit einem belustigten Ausdruck.

– Sind Sie mir böse? Aber ich wollte doch nur einen Scherz machen . . . ein schlechter Scherz . . . Es tut mir leid . . .

– Ich habe auch gescherzt, sagte ich.

Einen Augenblick herrschte Schweigen.

– Nun, wenn es ein Scherz war, sagte Barbara, ist ja alles in Ordnung.

Er bestand darauf, daß wir irgendeinen Pflaumen- oder Birnenschnaps tranken. Ich führte das Glas an die Lippen und tat so, als nähme ich einen Schluck. Sylvia trank ihr Glas in einem Zug aus. Sie sagte nichts mehr. Sie rieb nervös ihren »Klunker« zwischen den Fingern . . .

– Und Sie, sind Sie mir auch böse? fragte Neal mit demütiger Stimme. Wegen dieser Sache mit dem Klunker . . .

Er fand zu seinem amerikanischen Akzent zurück und war ein anderer Mensch. Er hatte etwas Charmantes und Schüchternes.

– Ich bitte Sie um Verzeihung. Ich möchte, daß Sie meinen dummen Scherz vergessen.

Er faltete die Hände in einer Gebärde kindlichen Flehens.

– Verzeihen Sie mir?

– Ich verzeihe Ihnen, sagte Sylvia.

– Ich bedaure wirklich diese Sache mit dem Klunker . . .

– Klunker oder nicht, sagte Sylvia, ich pfeife drauf.

Jetzt war sie es, die den schleppenden Akzent des Pariser Ostens hatte.

– Ist er oft so? fragte sie Barbara, indem sie mit dem Finger auf Neal zeigte.

Diese hatte die Fassung verloren. Schließlich stammelte sie:

– Manchmal.
– Und was tun Sie, um ihn zu beruhigen?
Die Frage kam scharf wie ein Fallbeil. Neal lachte laut auf.
– Was für eine wunderbare Frau! sagte er zu mir.
Ich fühlte mich unbehaglich. Ich nahm einen großen Schluck Schnaps.
– Und wie werden wir den Abend beenden? fragte Neal.
Genau das hatte ich vorausgesehen. Wir waren noch nicht am Ende unserer Schwierigkeiten angelangt.
– Ich kenne ein sehr angenehmes Lokal in Cannes, sagte Neal. Wir könnten dort etwas trinken.
– In Cannes?
Neal klopfte mir freundlich auf die Schulter.
– Na, na, alter Freund, machen Sie nicht so ein Gesicht . . . Cannes ist kein Ort des Verderbens . . .
– Wir müssen in unser Hotel zurück, sagte ich. Ich erwarte um Mitternacht einen Anruf . . .
– Was denn . . . Was denn . . . Sie werden aus Cannes selber anrufen . . . Sie werden uns doch nicht im Stich lassen . . .
Ich wandte mich in letzter Verzweiflung zu Sylvia um. Sie war gleichmütig. Doch schließlich kam sie mir zu Hilfe:
– Ich bin müde . . . Ich habe keine Lust, nachts lange Strecken im Wagen zurückzulegen . . .
– Lange Strecken im Wagen? Bis Cannes? Sie machen sich über mich lustig . . . Hast du gehört, Barbara? Eine lange Strecke im Wagen bis Cannes . . . bis Cannes, sie finden, daß das eine lange Strecke ist . . .

Kein Wort mehr, oder wir hätten da einen Preßlufthammer, der nicht aufhören würde zu skandieren: »Bis nach Cannes, bis nach Cannes ...« Und wenn wir ihm widersprächen, würde er noch fester an uns kleben als jetzt. Warum sind manche Leute wie diese Kaugummis, die wir vergeblich von unseren Absätzen loszubekommen versuchen, indem wir diese an der Bordsteinkante abstreifen?

– Ich verspreche Ihnen, daß wir in zehn Minuten in Cannes sind ... Um diese Zeit fährt man sehr gut ...

Nein, er sah nicht einmal so aus, als wäre er betrunken. Er sprach mit sanfter Stimme. Sylvia zuckte mit den Schultern.

– Wenn Sie darauf bestehen, fahren wir nach Cannes ...

Sie blieb gelassen. Sie blinzelte mir unmerklich zu.

– Wir werden über den Diamanten sprechen, sagte Neal. Ich glaube, ich habe einen Kunden für Sie gefunden. Nicht wahr, Barbara?

Sie lächelte uns zu, ohne zu antworten.

Die Kellner im weißen Jackett bewegten sich zwischen den Tischen hin und her, und ich fragte mich, wie sie mit so sicherem Schritt gehen konnten. Die Lichter von Nizza hinter den Fensterscheiben erschienen mir immer ferner und verschwammen. Wir suchten das Weite. Alles schwankte um mich her.

Als wir ins Auto einstiegen, sagte ich zu Neal:

– Ich möchte wirklich, daß Sie uns bei unserem Hotel absetzen. Ich will diesen Anruf nicht verpassen.

Er sah auf die Uhr. Ein breites Lächeln verklärte sein Gesicht.
– Sie erwarten diesen Anruf doch um Mitternacht? Es ist halb eins . . . Sie haben keine Entschuldigung mehr, uns im Stich zu lassen, alter Freund . . .
Wir nahmen auf dem Rücksitz Platz, Sylvia und ich. Barbara ließ ihr goldenes Zigarettenetui zuschnappen. Sie drehte sich zu uns um.
– Hätten Sie vielleicht eine Zigarette? fragte sie. Ich habe keine mehr.
– Nein, antwortete Sylvia grob. Wir haben keine Zigaretten.
Sie hatte meine Hand genommen und drückte sie an ihr Knie. Neal fuhr los.
– Bestehen Sie wirklich darauf, uns nach Cannes zu bringen? fragte Sylvia. Cannes ist langweilig . . .
– Sie wissen nicht, wovon Sie sprechen, sagte Neal gönnerhaft.
– Wir mögen Nachtlokale nicht, beharrte Sylvia.
– Aber ich führe Sie ja nicht in ein Nachtlokal . . .
– Wohin denn?
– Das ist eine Überraschung.
Er fuhr nicht so schnell, wie ich gefürchtet hatte. Er stellte gedämpft das Radio an. Wir fuhren erneut am weißen Gebäude des Club Nautique und am Parc Vigier vorbei. Wir kamen wieder zum Hafen.
Sylvia drückte meine Hand. Ich wandte mich zu ihr um. Mit einer Armbewegung zur Tür hin wollte ich ihr zu verstehen geben, daß wir bei einer Ampel aus dem Wagen aussteigen könnten. Ich glaube, sie hat verstanden, denn sie nickte mit dem Kopf.

– Ich liebe diese Melodie, sagte Neal.
Er stellte das Radio lauter. Er drehte sich zu uns um.
– Mögen Sie das auch?
Wir antworteten beide nicht. Ich dachte an die Strecke, der wir in Richtung Cannes folgen würden. In Höhe des Jardin Albert-Ier wäre sicher eine Ampel. Oder weiter oben an der Promenade des Anglais. Am besten wäre es für uns, an der Promenade des Anglais auszusteigen und in einer der Querstraßen zu verschwinden, in die Neal nicht einbiegen könnte, weil es Einbahnstraßen sind.
– Ich habe keine Zigaretten mehr, sagte Barbara.
Wir waren am Quai Cassini angelangt. Er hielt an.
– Sollen wir Zigaretten für dich kaufen gehen? fragte Neal.
Er drehte sich zu mir um.
– Macht es Ihnen etwas aus, für Barbara Zigaretten zu holen?
Er wendete, dann hielt er erneut am Anfang des Quai des Deux-Emmanuel.
– Sehen Sie das erste Restaurant am Quai? Das Restaurant Garac ... Es ist noch offen ... Sie verlangen zwei Päckchen Craven ... Wenn sie Ihnen Schwierigkeiten machen, sagen Sie, daß es für mich ist ... Madame Garac hat mich noch in kurzen Hosen gekannt ...
Ich warf Sylvia einen Blick zu. Sie schien von mir eine Entscheidung zu erwarten. Ich machte ein verneinendes Zeichen mit dem Kopf. Das war noch nicht der Moment, uns davonzumachen. Dafür mußten wir uns im Zentrum von Nizza befinden.

Ich wollte die Tür öffnen, aber sie war blockiert.
– Entschuldigen Sie, sagte Neal.
Er drückte auf einen Knopf in Höhe des Schalthebels. Diesmal ging die Tür auf.
Ich betrat das Garac. Ich ging die Treppe hinauf, die ins Restaurant führte. Eine blonde Frau war hinter der Garderobe. Aus dem Speisesaal drang Stimmengewirr zu mir.
– Haben Sie Zigaretten? fragte ich.
– Welche Marke?
– Craven.
– O nein . . . Ich habe keine englischen.
Sie zeigte mir das Tablett mit den Zigaretten.
– Macht nichts . . . Ich nehme amerikanische.
Ich wählte auf gut Glück zwei Päckchen. Ich gab ihr einen Hundertfrancschein. Sie zog eine Schublade auf, dann eine andere. Sie fand das Kleingeld nicht.
– Macht nichts, sagte ich. Behalten Sie es für sich.
Ich ging die Treppe hinunter. Als ich aus dem Garac kam, war der Wagen verschwunden.

Ich wartete auf dem Trottoir des Quai Cassini. Neal hatte sicher in der Gegend tanken wollen und keine Tankstelle gefunden. Der Wagen würde jeden Augenblick vor mir auftauchen. Während die Zeit verging, spürte ich, wie mich immer mehr die Panik ergriff. Ich konnte nicht stillstehen und warten, ich ging auf dem Trottoir auf und ab. Schließlich sah ich auf die Uhr. Es war fast zwei Uhr morgens.
Eine lärmende Gruppe verließ das Restaurant Garac.

Autotüren schlugen, Motoren wurden angelassen. Einige Leute führten ihre Unterhaltung am Quai fort. Ich hörte den Lärm ihrer Stimmen und ihr Gelächter. Dort unten am Rand des Hafenbeckens luden Schatten Kisten aus und stapelten sie nach und nach neben einem Lastwagen mit Plane, dessen Scheinwerfer ausgeschaltet waren.

Ich ging zu ihnen. Sie machten eine Pause. Sie lehnten an den Kisten und rauchten.

– Haben Sie vorhin ein Auto gesehen? fragte ich.

Einer von ihnen hob den Kopf.

– Was für ein Auto?

– Ein großes schwarzes Auto.

Ich mußte mit jemandem sprechen, ich konnte das nicht allein für mich behalten.

– Freunde, die auf mich gewartet haben in einem schwarzen Auto, da drüben, vor dem Haus ... Sie sind weggefahren, ohne mir etwas zu sagen.

Nein, es hatte keinen Zweck, das zu erklären. Ich fand nicht die Worte. Im übrigen hörten sie mir nicht zu. Einer von ihnen mußte jedoch mein verzerrtes Gesicht bemerkt haben.

– Ein schwarzes Auto welcher Marke?

– Ich weiß nicht.

– Sie wissen nicht die Marke des Autos?

Zweifelsohne hatte er mir die Frage gestellt, um zu prüfen, ob ich betrunken oder ob ich ganz bei Sinnen war. Er betrachtete mich mißtrauisch.

– Nein. Ich weiß die Marke des Autos nicht.

Es war schrecklich, nicht einmal das zu wissen.

Ich ging den Boulevard de Cimiez hinauf. Mir blieb fast das Herz stehen. Von weitem unterschied ich die dunkle Masse eines Autos, das vor der Mauer mit der Balustrade von Neals Villa stand. Als ich näher kam, sah ich, daß es nicht der Wagen von vorhin war, sondern der mit dem Kennzeichen des diplomatischen Corps.

Ich läutete mehrmals. Niemand antwortete. Ich versuchte, das Tor zu öffnen, aber es war verschlossen. Ich überquerte die Straße. In dem Teil des Hauses, den ich hinter der Balustrade sehen konnte, war kein Licht. Ich ging den Boulevard de Cimiez wieder hinunter und betrat die Telefonzelle, die sich ganz unten an der Biegung befindet, in Höhe des Majestic. Ich wählte Neals Nummer und ließ es lange läuten. Doch es meldete sich niemand, genausowenig wie am Tor. Da folgte ich erneut dem Boulevard bis zur Villa der Neals. Das Auto war immer noch da. Ich weiß nicht, warum ich nacheinander die Türen zu öffnen versuchte, aber sie waren verschlossen. Der Kofferraum auch. Dann rüttelte ich am Tor in der Hoffnung, es würde nachgeben. Vergeblich. Ich versetzte dem Auto und dem Tor Fußtritte, doch ich konnte keinem etwas anhaben. Alles verschloß sich vor mir, ich fand nicht den kleinsten Spalt, durch den ich schlüpfen konnte, nicht den kleinsten Kontakt, alles war versperrt, unwiderruflich.

Wie diese Stadt, durch die ich ging bis zur Pension Sainte-Anne. Ausgestorbene Straßen. Wenige Autos fuhren vorüber, und ich durchforschte sie eins ums andere mit meinen Blicken, doch es war nie der Wagen der Neals. Man hätte meinen können, sie seien leer. Ich ging am Jardin d'Alsace-Lorraine vorbei und bemerkte eines, schwarz und von der Größe des Nealschen, das an der Ecke des Boulevard Gambetta stand. Der Motor lief. Dann ging er aus. Ich kam näher, aber ich sah nichts durch die dunklen Scheiben. Ich bückte mich und drückte fast meine Nase an die Windschutzscheibe. Auf dem Vordersitz saß schräg, den Oberkörper aufs Lenkrad gestützt, eine Blondine und hatte den Rücken einem Mann zugewandt, der versuchte, sich an sie zu drücken. Sie schien sich zu wehren. Ich entfernte mich bereits, als ein Kopf am heruntergedrehten Fenster erschien und ein Mann mit zurückgekämmtem braunem Haar sagte:

– Interessiert dich das, du Voyeur?

Dann ein schrilles Frauenlachen, von dem ich die ganze Rue Caffarelli entlang das Echo zu hören meinte.

Das Gartentor der Pension Sainte-Anne war verriegelt, und ich glaubte, es würde mir nie mehr gelingen, es zu öffnen, auch dies nicht. Aber ich drückte mit aller Kraft, indem ich mich dagegen stemmte, und schließlich gab es nach. Auf dem Weg und im dunklen Garten mußte ich mich vorantasten bis zur Hintertreppe.

Als ich das Zimmer betrat und die Deckenlampe anmachte, überkam mich zuerst ein tröstliches Gefühl, so sehr war Sylvias Gegenwart hier noch lebendig.

Eines ihrer Kleider hing über der Lehne des Ledersessels, ihre anderen Kleidungsstücke waren in den Schrank geräumt, und unten im Schrank erkannte ich ihre Reisetasche. Ihre Toilettensachen waren nicht vom kleinen Tisch aus hellem Holz neben dem Waschbecken verschwunden. Ich konnte nicht widerstehen, an ihrer Parfumflasche zu riechen.
Ich legte mich angezogen aufs Bett und schaltete das Licht aus bei der Vorstellung, ich könnte im Dunkeln besser nachdenken. Aber die Finsternis und die Stille umhüllten mich wie ein Leichentuch, und ich hatte den Eindruck zu ersticken. Allmählich wich er einem Gefühl der Leere und der Trostlosigkeit. Es war unerträglich, sich allein auf dem Bett wiederzufinden. Ich machte die Nachttischlampe an und sagte leise zu mir selbst, daß es nicht lange dauern könne, bis Sylvia zu mir in dieses Zimmer zurückkehren würde. Sie wußte, daß ich sie hier erwartete. Da löschte ich erneut das Licht, um besser auf das Quietschen des sich öffnenden Gartentors und das Geräusch ihrer Schritte auf dem Weg und auf den Treppenstufen horchen zu können.

Die Telefonnummer der Neals stand im Telefonbuch der Alpes-Maritimes mit dem Eintrag: Dienststelle Amerikanische Botschaft, Boulevard de Cimiez 50 a. Ich rief bei der amerikanischen Botschaft in Paris an und fragte sie, ob sie einen gewissen Virgil Neal kannten, der eines ihrer Häuser bewohne in Nizza, Boulevard de Cimiez 50 a. Ich sagte ihnen, daß er von einem

Tag auf den anderen verschwunden sei und daß ich mir um ihn Sorgen machte. Nein, sie hatten noch nie etwas von einem Herrn Virgil Neal gehört. Die Villa Château Azur am Boulevard de Cimiez diene als Amtssitz für Botschaftsangehörige, sei aber seit einigen Monaten unbesetzt. Ein amerikanischer Konsul werde bald einziehen. An ihn sollte ich mich wenden.
Ich las alle Zeitungen, insbesondere die aus der Region und sogar die italienischen. Ich studierte die vermischten Nachrichten. Eine hatte meine Aufmerksamkeit auf sich gezogen. In der Nacht, in der Sylvia verschwunden war, war ein deutscher Wagen der Marke Opel, schwarz, in Paris zugelassen, an dem Chemin du Mont Gros genannten Ort zwischen Menton und Castellar von der Straße abgekommen und in eine Schlucht gestürzt. Er war in Brand geraten, und man hatte zwei vollkommen verkohlte Leichen darin entdeckt, die nicht hatten identifiziert werden können.
Ich machte einen Umweg über die Promenade des Anglais und betrat die große Autowerkstatt direkt vor der Rue de Cronstadt.
Ich fragte einen der Mechaniker, ob zufällig ein Opel in der Werkstatt wäre.
– Warum?
– Nur so . . .
– Er zuckte mit den Schultern:
– Da drüben . . . in der Ecke . . . ganz hinten . . .
Ja, das war tatsächlich ein Wagen, der dem der Neals glich.

Ich wollte noch einmal alle Orte aufsuchen, an denen wir in Begleitung der Neals gewesen waren, in der Hoffnung, dort eine Spur, einen Leitfaden zu finden, oder sie vielleicht mit Sylvia eintreten zu sehen: wie in den Filmen, die man am Schneidetisch zurücklaufen läßt, um unermüdlich die Einzelheiten derselben Sequenz zu untersuchen. Aber in dem Augenblick, als ich mit den beiden Päckchen amerikanischer Zigaretten in der Hand aus dem Garac trat, riß der Film, oder ich war am Ende der Rollc angelangt.
Außer eines Abends in dem italienischen Restaurant der Rue des Ponchettes, wo die Neals sich das erstemal mit uns verabredet hatten.
Ich hatte den Tisch gewählt, der an jenem Tag der unsere gewesen war, in der Nähe des gewaltigen Kamins, und ich hatte mich auf denselben Stuhl gesetzt. Ja, indem ich an dieselben Stätten zurückkehrte und wieder die gleichen Gesten ausführte, hatte ich die Hoffnung, schließlich unsichtbare Fäden wiederanzuknüpfen.
Ich hatte die Chefin des Restaurants und jeden der Kellner gefragt, ob sie die Neals kannten. Dieser Name sagte ihnen nichts, und doch hatte Neal behauptet, ein Stammgast in dem Lokal zu sein. Die Gäste redeten laut, und dieses Stimmengewirr bedrückte mich so, daß ich nicht mehr wußte, warum ich mich dort befand und wo ich war.
Die Ereignisse meines Lebens verschwammen allmählich, bis sie sich auflösten. Nur dieser Augenblick war übrig, die Gäste, der gewaltige Kamin, die falschen Guardis an den Wänden und das Stimmengewirr . . .

Nichts als dieser Augenblick. Ich wagte nicht, aufzustehen noch den Raum zu verlassen. Kaum hätte ich die Schwelle überschritten, würde ich ins Nichts abrutschen ...
Ein bärtiger Mann, der einen Fotoapparat umhängen hatte, trat ein und mit ihm ein Schwall kalter Luft von draußen. Ich wurde jäh aus meiner Betäubung gerissen und erkannte den Fotografen mit Samtjacke und Künstlermähne, der vor dem Palais de la Méditerranée auf und ab patrouillierte und ein Foto von den Neals, Sylvia und mir gemacht hatte. Dieses Foto bewahrte ich immer noch in meiner Brieftasche auf.
Er machte die Runde bei den Tischen und fragte die Gäste, ob sie ein »Erinnerungsfoto« wollten, aber keiner hat eingewilligt. Dann fiel sein Blick auf mich. Er schien zu zögern, sicher weil ich allein war.
– Foto?
– Ja, bitte.
Er hielt seinen Apparat auf mich, und der Blitz blendete mich. Er wartete, daß das Foto zwischen seinen Fingern trocknete, und betrachtete mich neugierig.
– Allein in Nizza?
– Ja.
– Sind Sie Tourist?
– Nicht so richtig.
Er steckte das Foto in einen kleinen Rahmen aus Pappe und reichte es mir.
– Das macht fünfzig Francs.
– Möchten Sie etwas trinken? fragte ich ihn.
– Gern.
– Auch ich war seinerzeit Fotograf, sagte ich.

– Ah so . . .
Er setzte sich mir gegenüber und legte seinen Fotoapparat auf den Tisch.
– Sie haben schon auf der Promenade des Anglais ein Foto von mir gemacht, sagte ich.
– Ich erinnere mich überhaupt nicht an die Leute. Die ziehen vorbei, wissen Sie . . .
– Ja, die ziehen vorbei . . .
– Also Sie waren auch Fotograf?
– Ja.
– In welcher Branche?
– Oh . . . alles mögliche.
Das war das erstemal, daß ich mit jemandem sprechen konnte. Ich holte das Foto aus meiner Brieftasche. Zunächst warf er einen zerstreuten Blick darauf. Dann runzelte er die Stirn.
– Ist das ein Freund von Ihnen? fragte er mich und zeigte auf Neal.
– Nicht wirklich.
– Stellen Sie sich vor, diesen Typ habe ich seinerzeit gekannt . . . Aber ich habe ihn seit Jahren nicht gesehen . . . Ich habe nicht einmal gemerkt, daß ich ihn an jenem Tag fotografiert habe . . . Das geht so schnell vorbei . . .
Der Kellner brachte uns zwei Gläser Champagner. Ich tat so, als nähme ich einen Schluck. Er trank sein Glas in einem Zug aus.
– Dann haben Sie ihn gekannt? sagte ich ohne große Hoffnung, daß er mir antworten würde, so sehr war ich es gewohnt, daß die Dinge sich mir entzogen.

– Ja . . . Wir wohnten als Kinder im selben Viertel . . . Riquier . . .
– Sind Sie sicher?
– Absolut.
– Und wie hieß er?
– Er glaubte, ich würde ihm ein Rätsel aufgeben.
– Alessandri . . . Paul Alessandri . . . Ist die Antwort richtig?
Er wandte den Blick nicht von dem Foto.
– Und was macht er jetzt Schönes, der Alessandri?
– Ich weiß nicht genau, sagte ich. Ich kenne ihn kaum.
– Das letztemal, als ich ihn gesehen habe, war er Pferdehirte in der Camargue . . .
Er hob den Kopf und in zugleich ironischem und feierlichem Ton sagte er zu mir:
– Sie haben schlechten Umgang, Monsieur.
– Warum?
– Angefangen hat Paul als Boy im Ruhl . . . Er war Wechsler im städtischen Casino . . . Und dann Barmann . . . Danach ist er nach Paris gegangen, und ich habe ihn aus den Augen verloren . . . Er war im Gefängnis . . . Wenn ich Sie wäre, würde ich mich in acht nehmen . . .
Er sah mich mit seinen kleinen stechenden Augen unverwandt an.
– Ich warne gern die Touristen . . .
– Ich bin kein Tourist, sagte ich.
– Ah so? Wohnen Sie in Nizza?
– Nein.
– Nizza ist eine gefährliche Stadt, sagte er. Man macht hier manchmal üble Bekanntschaften . . .

– Ich wußte nicht, daß er Alessandri heißt, sagte ich. Er ließ sich Neal nennen.
– Ach . . . Wie, sagen Sie, ließ er sich nennen?
– Neal.
Ich buchstabierte ihm den Namen.
– Na so was . . . Paul läßt sich Neal nennen? . . . Neal . . . Das war ein Amerikaner, der am Boulevard de Cimiez wohnte, als wir Kinder waren . . . Eine große Villa . . . Château Azur . . . Paul nahm mich zum Spielen mit in den Garten dieser Villa . . . gleich nach dem Krieg . . . Er war der Sohn des Gärtners . . .

Ich überquerte die Place Masséna. Das Polizeipräsidium befand sich etwas weiter weg, hinter dem Bauzaun, das den Platz des ehemaligen städtischen Casinos markierte, jenes Casinos, in dem Paul Alessandri »Wechsler« gewesen war.
Was sollte das heißen: Wechsler? Ich ging auf und ab, sah den Bussen zu, die in den Busbahnhof einfuhren und ihn verließen. Dann trat ich mit einem Schwung, als fürchtete ich kehrtzumachen, durch das Portal.
Ich fragte den Mann, der in der Eingangshalle hinter einem Schreibtisch saß, an welche Abteilung man sich wegen einer Verlustanzeige wenden müsse.
– Was für ein Verlust?
Ich bedauerte sogleich meinen Schritt. Jetzt würde man mir Fragen stellen, und ich würde sie im einzelnen beantworten müssen. Man würde sich nicht mit ausweichenden Antworten zufriedengeben. Ich hörte bereits das eintönige Klappern der Schreibmaschine.

– Der Verlust einer Person, sagte ich.
– Erster Stock. Zimmer 23.
Ich zog es vor, die Treppe hinaufzugehen, statt den Lift zu nehmen. Ich folgte einem blaßgrünen Korridor, in dem sich die Türen mit ihren ungeraden Nummern aneinanderreihten: 3, 5, 9, 11, 13 ... Dann machte der Korridor eine rechtwinklige Biegung nach links. 15, 17, 23. Die Kugelleuchte an der Decke erhellte grell die Tür und ließ mich blinzeln. Ich klopfte mehrmals. Eine schrille Stimme bat mich herein.
Ein Blonder mit Brille, ziemlich jung, stützte sich mit verschränkten Armen auf einen Metallschreibtisch. Neben ihm stand auf einem kleinen Tisch aus hellem Holz eine mit ihrer Haube aus schwarzem Plastik abgedeckte Schreibmaschine.
Er deutete auf den Stuhl ihm gegenüber. Ich setzte mich.
– Es geht um eine Freundin, die seit mehreren Tagen verschwunden ist, sagte ich, und meine Stimme schien mir die eines anderen.
– Eine Freundin?
– Ja. Wir hatten die Bekanntschaft von zwei Leuten gemacht, die uns in ein Restaurant eingeladen haben, und nach dem Essen ist meine Freundin mit ihnen in einem Opel verschwunden und ...
– Ihre Freundin?
Ich hatte sehr schnell gesprochen, als hätte ich vorausgesehen, daß er mich unterbrechen würde und daß ich nur ein paar Sekunden zur Verfügung hätte, um ihm alles zu erklären.
– Seither habe ich nichts mehr gehört. Diese Leute,

die wir kennengelernt hatten, behaupteten, Herr und Frau Neal zu heißen, und wohnten in einer Villa am Boulevard de Cimiez, die der amerikanischen Botschaft gehört. Sie benutzten übrigens ein Auto, das ein Kennzeichen des diplomatischen Corps hatte und das immer noch vor der Villa steht . . .

Er hörte mir zu, das Kinn in die Hand gestützt, und ich konnte nicht mehr aufhören zu sprechen. Seit so langer Zeit hatte ich all diese Dinge für mich behalten, ohne daß ich die Gelegenheit gehabt hatte, mich jemandem anzuvertrauen . . .

– Der Mann hieß nicht Neal und war kein Amerikaner, wie er behauptete . . . Er heißt Paul Alessandri und stammt aus Nizza . . . Ich habe es von einem seiner Jugendfreunde erfahren, der auf der Promenade des Anglais Fotograf ist und der von uns ein Foto gemacht hatte.

Ich holte das Foto aus der Brieftasche und reichte es ihm. Er nahm es behutsam zwischen Daumen und Zeigefinger wie den Flügel eines toten Schmetterlings und legte es auf seinen Schreibtisch, ohne es anzusehen.

– Dieser Paul Alessandri ist der dritte von links. Er war Boy im Hotel Ruhl . . . Er war im Gefängnis . . .

Mit den Fingerspitzen schob er mir das Foto zu. Er verschmähte dieses Dokument. Und Paul Alessandri, obwohl er im Gefängnis gesessen hatte, interessierte ihn in keinster Weise.

– Meine Freundin trug einen sehr wertvollen Schmuck . . .

Alles würde sich überschlagen. Es genügte, noch ein paar andere Einzelheiten zu nennen, und ein Abschnitt meines Lebens ginge hier, in diesem Büro des Polizeipräsidiums, zu Ende. Der Augenblick war gekommen – ich war mir dessen sicher –, da er die schwarze Hülle der Schreibmaschine abnehmen und die Maschine vor sich auf seinen Schreibtisch stellen würde. Er würde ein Blatt einspannen und es mit einem Knirschen weiterdrehen. Dann würde er zu mir aufsehen und mit sanfter Stimme zu mir sagen:

– Ich höre.

Doch er rührte sich nicht und schwieg, das Kinn in die Hand gestützt.

– Meine Freundin trug einen sehr wertvollen Diamanten, wiederholte ich mit festerer Stimme.

Er schwieg immer noch.

– Dieser Paul Alessandri, der sich als Amerikaner ausgab, hatte den Schmuck, den meine Freundin trug, entdeckt und mir vorgeschlagen, ihn zu kaufen ...

Er hatte sich aufgerichtet, die beiden Hände flach auf dem Tisch, wie jemand, der ein Gespräch beenden will.

– Es handelte sich doch um eine Freundin von Ihnen? fragte er mich.

– Ja.

– Sie sind also nicht mit ihr verwandt?

– Nein.

– Unsere Dienststelle heißt: Nachforschungen in familiärem Interesse, und diese Person gehört nicht zu Ihrer Familie, wenn ich richtig verstehe ...

– Nein.

– Infolgedessen ...

Er breitete die Arme aus in einer Gebärde der Ohnmacht von geistlicher Sanftmut.

– Und dann, wissen Sie, bin ich mit solchem Verschwinden von Leuten vertraut . . . Im allgemeinen sind sie abgehauen . . . Wer sagt Ihnen beispielsweise, daß Ihre Freundin nicht mit diesem Ehepaar verreisen wollte und Ihnen nach einiger Zeit Nachricht geben wird?

Ich hatte trotzdem noch die Kraft zu stammeln:

– Ich habe in der Zeitung gelesen, daß ein Auto der Marke Opel in eine Schlucht zwischen Menton und Castellar gestürzt ist . . .

Er rieb sich mit der gleichen geistlichen Sanftmut die Hände.

– Es gibt jede Menge Opel an der Côte d'Azur, die in Schluchten stürzen . . . Sie werden doch nicht alle Opel aus Nizza und Umgebung, die in Schluchten fallen, aufzählen wollen?

Er stand auf, nahm mich am Arm und zog mich mit festem, aber höflichem Druck zur Tür seines Büros, die er öffnete:

– Tut mir leid . . . Wir können wirklich nichts für Sie tun . . .

Und er zeigte auf das Schild an der Tür. Als er sie wieder zugemacht hatte, blieb ich einen Augenblick regungslos und stumpfsinnig unter der Kugelleuchte des Korridors stehen und starrte auf die blauen Buchstaben: »Nachforschungen in familiärem Interesse«.

Ich fand mich im Jardin Albert-Ier mit dem Gefühl wieder, von nun an keinerlei Rückhalt mehr zu besitzen. Ich verübelte diesem Polizeibeamten den Mangel an Sorgfalt. Auch nicht einen Augenblick hatte er versucht, mir weiterzuhelfen, er hatte nicht die elementarste professionelle Neugier bewiesen. Er hatte mich entmutigt, als ich nahe daran war, ihm alles zu sagen. Schade für ihn. Das war keine Routineangelegenheit, wie er dachte. Nein. Er hatte durch eigene Schuld eine gute Gelegenheit verpaßt, befördert zu werden.

Vielleicht hatte ich die Dinge schlecht dargestellt: nicht über Sylvia hätte ich sprechen sollen, sondern über das Kreuz des Südens. Welche Bedeutung hatte unser Leben, unser armseliger kleiner persönlicher Fall im Vergleich mit der langen und blutigen Geschichte dieses Steins? Eine Episode, die zu den anderen hinzugekommen ist und die nicht die letzte sein würde.

Zu Beginn unseres Aufenthalts in Nizza hatte ich in der Buchhandlung der Rue de France, wo wir antiquarische Kriminalromane kauften, ein dreibändiges Werk von einem gewissen B. Balmaine entdeckt: *Biographisches Wörterbuch der Edelsteine*. Dieser Balmaine, Diamantenexperte am Appellationsgericht von Paris, hatte mehrere tausend Edelsteine aufgezählt. Sylvia und ich hatten nachgesehen unter: Kreuz des Südens.

Balmaine widmete unserem Diamanten zehn Zeilen. Er hatte zu dem Schmuck gehört, der in der Nacht vom 10. auf den 11. Januar 1791 der Comtesse du Barry gestohlen und dann, am 19. Februar 1795, von Christie's in London versteigert worden war. Man hatte von dem Stein nichts mehr gehört bis zum Oktober 1917, wo er bei einer gewissen Fanny Robert de Tessancourt, Rue de Saigon 8, Paris XVI., erneut gestohlen worden war. Der Schuldige, ein gewisser Serge de Lenz, war verhaftet worden, doch Fanny Robert de Tessancourt hatte ihre Klage sogleich zurückgezogen und versichert, Lenz sei ihr Freund.
Der Stein war erst wieder im Februar 1943 »aufgetaucht« – wie Balmaine sich ausdrückte –, als ein gewisser Jean Terrail ihn einem gewissen Pagnon, Louis verkauft hatte. Laut späterer polizeilicher Ermittlungen war der Verkauf mit deutscher Mark getätigt worden. Dann hatte Louis Pagnon den Diamanten im Mai 1944 einem gewissen de Bellune, Philippe, genannt de Pacheco, verkauft, geboren am 22. Januar 1918 in Paris als Kind des Mario und der Werry de Hulst, Eliane, Wohnsitz unbekannt.
Die Comtesse du Barry wurde im Dezember 1793 guillotiniert; Serge de Lenz wurde im September 1945 ermordet; Louis Pagnon wurde im Dezember 1944 erschossen. De Bellune, Philippe aber war verschwunden wie das Kreuz des Südens, bis der Diamant auf Sylvias schwarzem Rollkragenpulli erscheint und dann erneut verschwindet. Mit ihr . . .
Doch während die Nacht über Nizza hereinbrach, gab ich dem Beamten schließlich recht, der gern Nachfor-

schungen anstellen wollte unter der Bedingung, daß sie in familiärem Interesse lagen. Wenn er die Hülle seiner Schreibmaschine abgenommen und das Verhör begonnen hätte – was hätte ich ihm schon an wirklich Genauem sagen können bezüglich Sylvias und all dieser jüngsten Ereignisse meines Lebens, die selbst mir zu fragmentarisch, zu unzusammenhängend schienen, um verständlich zu sein? Und außerdem kann ich nicht alles sagen. Gewisse Dinge behalte ich für mich. Oft denke ich an jenes alte Filmplakat, von dem ein paar Fetzen auf einem Zaun zurückgeblieben waren. Darauf stand: ERINNERUNGEN SIND NICHT VERKÄUFLICH.

Ich kehrte in die Pension Sainte-Anne zurück. Dort, in der Stille meines Zimmers, hörte ich ein Geräusch, das in meinen schlaflosen Nächten oft wiederkehrt: das Geräusch einer Schreibmaschine. Das Klappern der Tasten war sehr schnell und wurde allmählich gedehnter, so als tippe jemand mit zwei zögernden Fingern. Und wieder hatte ich diesen blonden Polizeibeamten vor mir, der mich mit gedämpfter Stimme verhörte. Es war so schwierig, ihm zu antworten ...

Man müßte ihm alles erklären, von Anfang an. Aber das ist ja die größte Schwierigkeit: es gibt nichts zu erklären. Von Anfang an war es nur eine Frage der Atmosphäre und des Dekors ...

Ich würde ihm die Fotos zeigen, die ich damals an der Marne gemacht hatte. Große Schwarzweißfotos. Ich habe sie aufbewahrt und mit ihnen alles, was die Reisetasche Sylvias enthielt. An jenem Abend im Zimmer der Pension Sainte-Anne suchte ich in der Tiefe des

Wandschranks die Mappe mit der Aufschrift »Flußbäder«.
Ich hatte diese Fotos lange nicht mehr angeschaut. Ich betrachtete sie in allen Einzelheiten und ließ mich erneut von dem Dekor durchdringen, wo alles begonnen hatte. Ein Bild, an das ich mich nicht mehr erinnert hatte, rief in mir eine Mischung aus Schrecken und Faszination hervor, die durch die Stille dieses Zimmers und meine Einsamkeit noch lebhafter wurden.
Das Foto war einige Tage bevor ich Sylvia kennenlernte, aufgenommen worden. Die Terrasse eines jener Restaurants am Marneufer. Tische mit Sonnenschirmen. Pontons. Trauerweiden. Ich versuchte, mich zu erinnern: das Vieux Clodoche in Chennevières? Das Pavillon Bleu oder das Château des Îles Jochem in La Varenne? Ich hatte mich mit meiner Leica versteckt, damit dieses Dekor und diese Leute ihre Natürlichkeit behielten.
Einer der Tische im Hintergrund hatte keinen Sonnenschirm, und nebeneinander saßen zwei Männer daran. Sie unterhielten sich friedlich. Einer von ihnen war Villecourt. Ich hatte den anderen sogleich erkannt: es war derjenige, der sich uns unter dem Namen Neal vorgestellt hatte und der in Wirklichkeit Paul Alessandri hieß. Wie seltsam, ihn dort am Marneufer sitzen zu sehen, so als wäre der Wurm schon von Anfang an in der Frucht.

Ja, ich habe Sylvia Heuraeux, verheiratete Villecourt, an einem Sommermorgen im Beach von La Varenne kennengelernt. Ich war seit einigen Tagen an der Marne, um Fotos zu machen. Ein kleiner Verleger hatte mein Projekt eines Buches angenommen, das den Titel *Flußbäder* tragen sollte.
Ich hatte ihm mein Vorbild gezeigt: einen sehr schönen Bildband über Monte Carlo, Ende der dreißiger Jahre von einem Fotografen namens W. Vennemann zusammengestellt. Mein Buch würde das gleiche Format haben. Die gleiche Paginierung. Die gleichen Schwarzweißfotos, zumeist Gegenlichtaufnahmen. Anstatt des Schattens der Palmen, der sich gegen die Bucht von Monte Carlo abhebt, oder der dunklen, schimmernden Autokarosserien, die bei Nacht mit dem Glanz des Sporting d'Hiver kontrastieren, würde man die Sprungtürme und Pontons dieser Vorortbäder sehen. Doch das Licht wäre das gleiche. Der Verleger hatte meine Worte nicht so recht verstanden.
– Weil Sie glauben, daß La Varenne und Monte Carlo das gleiche sind? hatte er zu mir gesagt.
Aber schließlich hatte er mir einen Vertrag unterschrieben. Man setzt immer Vertrauen in die Jugend.

An jenem Morgen war nicht viel los im Beach von La Varenne. Ich glaube sogar, daß sie die einzige war, die ein Sonnenbad nahm. Kinder rutschten die Rutschbahn am Rand des Schwimmbeckens hinunter, und jedesmal wenn sie ins bläuliche Wasser fielen, hörte man ihre Schreie und ihr Lachen.

Ich war beeindruckt von ihrer Schönheit und den lässigen Gebärden, mit denen sie eine Zigarette anzündete oder ihr Orangeadeglas neben sich stellte, aus dem sie den Inhalt mit Hilfe eines Strohhalms saugte. Und sie legte sich so graziös auf die blauweiß gestreifte Luftmatratze, die Augen hinter einer Sonnenbrille versteckt, daß ich mich an die Überlegung meines Verlegers erinnerte. Gewiß, Monte Carlo und La Varenne haben nicht viel gemeinsam, eines aber sah ich an jenem Morgen: dieses Mädchen hätte man sich in der gleichen trägen Haltung in Monte Carlo Beach vorstellen können, dessen Atmosphäre W. Vennemann mit seinen Schwarzweißfotos so gut wiederzugeben gewußt hatte. Nein, sie hätte das Dekor nicht verschandelt, sondern im Gegenteil einen Reiz hinzugefügt.

Ich ging, meinen Fotoapparat um den Hals, von links nach rechts und suchte den besten Blickwinkel.

Sie bemerkte mein Treiben.

– Sind Sie Fotograf?

– Ja.

Sie hatte ihre Sonnenbrille abgenommen und betrachtete mich mit ihren hellen Augen. Die Kinder hatten das Schwimmbecken verlassen. Nur noch wir beide waren da.

– Ist es Ihnen nicht zu heiß?

– Nein. Warum?

Ich hatte meine Schuhe anbehalten – was in dieser

Badeanstalt verboten war – und ich trug einen Rollkragenpullover.

– Ich habe genug von der Sonne, sagte sie.

Ich folgte ihr auf die andere Seite des Schwimmbekkens, wo eine große efeubewachsene Mauer Schatten und Kühle spendete. Wir setzten uns nebeneinander auf hölzerne Gartenstühle. Sie hatte sich in einen weißen Bademantel gehüllt. Sie wandte sich mir zu.

– Was wollen Sie denn hier fotografieren?

– Das Dekor.

Und mit einer weit ausholenden Armbewegung zeigte ich auf das Schwimmbecken, den Sprungturm, die Rutschbahn, die Badekabinen und da drüben das Restaurant im Freien, seine weiße Pergola mit den orangeroten Pfeilern, den blauen Himmel, die Mauer mit dunkelgrünem Efeu hinter uns ...

– Ich frage mich, ob ich nicht Farbfotos machen sollte ... Man würde die Atmosphäre des Beach von La Varenne besser spüren ...

Sie brach in Gelächter aus.

– Finden Sie, daß es hier Atmosphäre gibt?

– Ja.

Sie musterte mich mit ironischem Lächeln.

– Welche Art Fotos machen Sie normalerweise?

– Ich arbeite an einem Fotoband, der *Flußbäder* heißen wird.

– Flußbäder?

Sie runzelte die Stirn. Schon wollte ich ihr die Erklärungen liefern, die meinen Verleger ratlos gemacht hatten: die Parallele zu Monte Carlo ... Doch es lohnte nicht, Verwirrung zu stiften.

– Ich versuche, die Bäder zu finden, die in der Umgebung von Paris noch übriggeblieben sind.
– Haben Sie viele gefunden?
Sie hielt mir ein goldenes Zigarettenetui hin, das der Natürlichkeit und Einfachheit ihres Gebarens widersprach. Und zu meiner großen Überraschung zündete sie selbst meine Zigarette an.
– Ich habe alle Strandbäder der Oise fotografiert ... L'Isle-Adam, Beaumont, Butry-Plage ... Und dann die Strandbäder und Badeorte an der Seine: Villennes, Elisabethville ...
Offenbar hatten sie diese so nahen Badeorte, von denen sie nichts ahnte, neugierig gemacht. Sie durchbohrte mich mit ihrem hellen Blick.
– Der liebste Ort ist mir aber letztlich dieser hier ..., sagte ich zu ihr. Das ist genau die Atmosphäre, die ich gesucht habe ... Ich glaube, ich werde viele Fotos in La Varenne und der Umgebung machen ...
Sie ließ mich nicht aus den Augen, als wollte sie prüfen, ob ich scherzte.
– Glauben Sie wirklich, daß La Varenne ein Badeort ist?
– Ein bißchen ... Und Sie?
Erneut brach sie in Gelächter aus. Ein sehr leichtes Gelächter.
– Und was werden Sie denn in La Varenne fotografieren können?
– Das Beach ... Die Ufer der Marne ... Die Pontons ...
– Wohnen Sie in Paris?
– Ja, aber ich habe hier ein Hotelzimmer genommen.

Ich muß mindestens vierzehn Tage bleiben, um gute Fotos zu machen ...

Sie schaute auf ihre Armbanduhr, eine Herrenuhr mit einem dicken Metallarmband, das die Feinheit ihres Handgelenks hervorhob.

– Ich muß zum Mittagessen nach Hause, sagte sie. Ich habe mich verspätet.

Sie hatte das goldene Zigarettenetui auf dem Boden liegenlassen. Ich bückte mich, um es aufzuheben, und reichte es ihr.

– Ah ja ... Das darf ich nicht vergessen ... Es ist ein Geschenk meines Mannes ...

Sie hatte es ohne jede Überzeugung gesagt. Sie ging zum Umziehen in eine der Badekabinen auf der anderen Seite des Schwimmbeckens, und als sie herauskam, trug sie einen geblümten Pareo und über der Schulter ihre große Badetasche.

– Ihr Pareo ist hübsch, sagte ich. Ich würde gern ein Foto von Ihnen im Pareo machen, hier im Beach oder auf einem der Pontons an der Marne. Das paßt gut zum Dekor ...

– Finden Sie? Das sieht eher nach Tahiti aus, ein Pareo ...

Ja, nach Tahiti. Vennemann hatte in seinen Band über Monte Carlo auch mehrere Fotos der verlassenen Strände des Saint-Tropez der dreißiger Jahre aufgenommen. Ein paar Frauen im Pareo lagen zwischen den Bambusstauden auf dem Sand.

– Das sieht eher nach Tahiti aus, sagte ich, aber es gewinnt an Reiz, hier an der Marne ...

– Sie möchten also, daß ich Ihr Modell bin?

– Ich hätte es sehr gern.
Sie lächelte mir zu. Wir verließen das Beach von La Varenne und gingen dann die Marne entlang, mitten auf der Straße. Kein Auto. Niemand. Alles war still und ruhig unter der Sonne, und alle Farben zart: das Blau des Himmels, das Blaßgrün der Pappeln und der Trauerweiden; und das Wasser der Marne, gewöhnlich schwer und stehend, war an jenem Tag so leicht, daß es die Wolken, den Himmel und die Bäume spiegelte.
Wir ließen die Brücke von Chennevières hinter uns und gingen immer noch mitten auf der platanengesäumten Straße, die Promenade des Anglais heißt.
Dort drüben glitt ein Paddelboot über die Marne, ein Paddelboot von fast rosafarbenem Orange. Sie nahm mich am Arm und zog mich auf das Trottoir an der Wasserseite, damit wir ihm zusähen.
Sie zeigte auf das Tor einer Villa.
– Hier wohne ich . . . mit meinem Mann . . .
Ich hatte trotzdem den Mut, sie zu fragen, ob wir uns wiedersehen könnten.
– Ich bin jeden Tag zwischen elf Uhr und ein Uhr nachmittags im Schwimmbad, sagte sie zu mir.

Das Beach von La Varenne war ebenso ausgestorben wie am Vortag. Sie nahm ein Sonnenbad vor den weißen Kabinen, und ich suchte immer noch den Winkel, aus dem ich die Badeanstalt fotografieren wollte. Ich hätte gern den Sprungturm, die Kabinen, die Restaurant-Terrasse mit der Pergola und die Uferböschungen der Marne auf dem Foto vereinigt. Aber die Marne und das Beach waren durch die Straße getrennt.

– Es ist wirklich schade, daß man das Beach nicht direkt ans Marneufer gebaut hat, sagte ich.

Doch sie hatte mich nicht gehört. Vielleicht war sie eingeschlafen unter ihrem Strohhut und ihrer Sonnenbrille. Ich setzte mich neben sie und legte ihr die Hand auf die Schulter:

– Schlafen Sie?

– Nein.

Sie nahm ihre Sonnenbrille ab. Sie blickte mich mit ihren hellen Augen an und lächelte.

– Nun, haben Sie Fotos vom Beach gemacht?

– Noch nicht.

– Sie arbeiten langsam . . .

Sie hielt ihr Orangeadeglas mit beiden Händen, einen Strohhalm zwischen den Lippen. Dann reichte sie mir das Glas. Ich trank auch daraus.

– Ich lade Sie zu uns zum Mittagessen ein, sagte sie. Wenn es Sie nicht langweilt, die Bekanntschaft meines Mannes und meiner Schwiegermutter zu machen . . .

– Das ist sehr nett.
– Das gibt Ihnen vielleicht Anregungen für Ihre Fotos ...
– Wohnen Sie denn das ganze Jahr in La Varenne?
– Ja. Das ganze Jahr. Mit meinem Mann und meiner Schwiegermutter.
Sie schien plötzlich nachdenklich und resigniert.
– Arbeitet Ihr Mann in der Gegend?
– Nein. Mein Mann tut nichts.
– Und Ihre Schwiegermutter?
– Meine Schwiegermutter? Sie läßt Traber in Vincennes und in Enghien laufen ... Interessieren Sie sich für Pferde?
– Ich kenne mich nicht besonders aus.
– Ich auch nicht. Aber wenn Sie das für Ihre Fotos interessiert, wird es meiner Schwiegermutter sicher ein Vergnügen sein, Sie auf die Rennplätze mitzunehmen.
Traber. Ich dachte an W. Vennemann, der für sein Album den Beginn des Grand Prix von Monaco fotografiert hatte und die Rennwagen, die am Hafen entlangrasten, aus der Vogelperspektive. Nun gut, ich hatte die Entsprechung für diese Sportveranstaltung hier am Marneufer gefunden: Die Atmosphäre, die ich an diesen Flußbadeorten suchte – wodurch war sie besser wiederzugeben als durch leichte Traber und ihre Sulkies?

Sie hatte auf der leeren Straße am Wasser entlang meinen Arm genommen, doch als wir in die Nähe des Gartentores kamen, entfernte sie sich von mir.

– Ist es Ihnen wirklich nicht zu langweilig, zum Essen zu kommen? fragte sie mich.

– Im Gegenteil.

– Wenn Sie merken, daß es Sie langweilt, können Sie immer noch sagen, daß Sie arbeiten müssen.

Sie sah mich mit einem sanften und eigenartigen Blick an, der mich rührte. Ich hatte den Eindruck, daß wir uns von jetzt an nicht mehr trennen würden.

– Ich habe ihnen erklärt, Sie seien Fotograf und wollten einen Bildband über La Varenne machen.

Sie stieß das Gartentor auf. Wir gingen über einen Rasen, an dessen Rand eine dicke Villa im englisch-normannischen Stil mit Fachwerk stand. Und wir fanden uns im Wohnzimmer wieder, dessen Wände mit dunkler Holztäfelung bedeckt und dessen Sessel und Sofa mit Schottenstoff überzogen waren.

Durch eine der Glastüren trat eine Frau im Strandanzug ein und ging mit geschmeidigem Schritt auf uns zu. Um die Sechzig, groß, die grauen Haare zur Löwenmähne frisiert.

– Meine Schwiegermutter, sagte Sylvia ... Madame Villecourt.

– Nenne mich nicht deine Schwiegermutter. Das macht mich trübsinnig ...

Sie hatte eine rauhe Stimme und einen leichten Vorstadtakzent.

– Also Sie sind Fotograf?

– Ja.

Sie setzte sich auf das Sofa, Sylvia und ich setzten uns in die Sessel. Ein Tablett mit Aperitifs wartete auf dem niedrigen Tisch vor uns.

Ein Mann mit schlurfendem Gang und der kleinen Statur eines Jockeys erschien. Mit seinem weißen Jakkett und seiner marineblauen Hose hätte er Besatzungsmitglied einer Yacht oder Angestellter eines Segelklubs sein können.
– Sie können den Aperitif servieren, sagte Madame Villecourt.
Ich wählte einen Schluck Porto. Sylvia und Madame Villecourt nahmen Whisky. Der Mann zog sich schlurfend zurück.
– Es scheint, Sie wollen einen Fotoband über La Varenne machen? fragte Madame Villecourt.
– Ja. Über La Varenne und alle anderen Flußbäder in der Umgebung von Paris.
– La Varenne hat sich sehr verändert ... Es ist vollkommen tot ... Sylvia hat mir gesagt, Sie brauchten Informationen über La Varenne für Ihren Fotoband ...
Ich wandte mich zu Sylvia um. Sie sah mich aus den Augenwinkeln an. Das war also der Vorwand, den sie gewählt hatte, um mich hier einzuführen.
– Ich habe La Varenne kennengelernt, als ich eben verheiratet war ... Ich wohnte schon mit meinem Mann in diesem Haus ...
Sie goß sich ein zweites Glas Whisky ein. Sie trug einen Smaragdring am Mittelfinger.
– Damals sind viele Filmkünstler nach La Varenne gekommen ... René Dary, Jimmy Gaillard, Préjean ... Die Fratellini wohnten in Le Perreux ... Mein Mann hat sie alle gekannt. Er hat in Le Tremblay gewettet, mit Jules Berry ...

Offenbar freute es sie, diese Namen zu zitieren und die Erinnerungen vor mir heraufzubeschwören. Was mochte Sylvia ihr nur gesagt haben? Daß ich die Geschichte von La Varenne schreiben wolle?

– Für sie war es praktisch, sich hier niederzulassen ... Wegen der Nähe der Studios von Joinville ...

Ich spürte, daß dieses Thema für sie unerschöpflich war. Die Röte stieg ihr ins Gesicht, und ihre Augen glänzten. Die Wirkung des zweiten Glases Whisky, das sie sehr schnell getrunken hatte? Oder der Ansturm der Erinnerungen?

– Ich weiß eine sehr seltsame Geschichte, die Sie vielleicht interessieren wird ...

Sie lächelte mir zu, und ihr Gesicht wurde glatt. Ein jugendliches Leuchten ging durch ihre Augen und ihr Lächeln. Sie mußte früher eine sehr hübsche Frau gewesen sein.

– Es geht um einen anderen Filmkünstler, den mein Mann gut kannte ... Aimos ... Raymond Aimos ... Er wohnte ganz in der Nähe, in Chennevières ... Er ist bei der Befreiung von Paris auf einer Barrikade getötet worden, sozusagen von einer verirrten Kugel ...

Sylvia hörte zu mit überraschtem Ausdruck. Anscheinend hatte sie ihre Schwiegermutter nie so sprechen hören und vielleicht auch nie so entspannt und vertraut mit einem Fremden gesehen.

– In Wirklichkeit hat es sich keineswegs so abgespielt ... Es ist eine finstere Geschichte ... Ich werde es Ihnen erklären ...

Sie zuckte mit den Schultern.
– Glauben Sie vielleicht an verirrte Kugeln?

Ein dunkelhaariger Mann von etwa fünfunddreißig Jahren in himmelblauer Hose und weißem Hemd hatte sich gerade in dem Moment neben Madame Villecourt auf das Sofa gesetzt, als sie sich zweifelsohne anschickte, mir das Geheimnis von Aimos' Tod zu verraten.
– Ich sehe, ihr führt große Gespräche ... Ich störe ...
Er neigte sich zu mir und reichte mir die Hand.
– Frédéric Villecourt ... Sehr erfreut ... Ich bin Sylvias Mann.
Sylvia machte den Mund auf, um mich vorzustellen. Ich ließ ihr nicht die Zeit, meinen Namen auszusprechen, und sagte nur:
– Ich freue mich auch ...
Er musterte mich. Alles an seinem Gebaren – eine gewisse Ungezwungenheit, ein etwas selbstgefälliges Lächeln, eine metallische, autoritäre Stimme – wies darauf hin, daß er sich seines Charmes eines gutaussehenden dunklen Typs bewußt war. Doch dieser Charme verging sehr schnell durch ungraziöse Gesten, die mit der Kette an seinem Handgelenk vollkommen harmonierten.
– Mama erzählt Ihnen all ihre alten Geschichten ... Wenn sie einmal angefangen hat, hört sie nicht mehr auf ...
– Das interessiert diesen jungen Mann, sagte Ma-

dame Villecourt. Er schreibt ein Buch über La Varenne ...

– Da können Sie Mama vertrauen ... Sie ist eine Fundgrube für alles, was La Varenne betrifft ...

Sylvia senkte mit verlegener Miene den Kopf. Sie hatte eine Hand auf ihr Knie gelegt und rieb es nachdenklich mit dem Zeigefinger.

– Ich hoffe, wir können bald zu Tisch gehen, sagte Frédéric Villecourt. Ich habe einen Bärenhunger ...

Sie warf mir einen besorgten Blick zu, als bedauerte sie, mich in dieses Haus gebracht zu haben und mir die Gesellschaft dieser Frau und ihres Sohnes aufzuerlegen.

– Wir essen draußen, sagte Madame Villecourt.

– Das ist eine ausgezeichnete Idee von Ihnen, Mama ...

Das Siezen und der gezierte Ton überraschten mich. Auch dies paßte zu dem dicken Gliederarmband.

Der Mann mit dem weißen Jackett wartete in der offenen Tür des Salons.

– Es ist angerichtet.

– Wir kommen, Julien, sagte Villecourt dröhnend.

– Haben Sie den Baldachin angebracht? fragte Madame Villecourt.

– Ja, Madame.

Wir gingen über den großen Rasen. Sylvia und ich blieben leicht zurück. Sie warf mir einen fragenden Blick zu und schien zu fürchten, daß ich mich davonmache.

– Ich bin sehr froh, daß Sie mich eingeladen haben, sagte ich zu ihr. Sehr froh.
Sie schien aber nicht ganz beruhigt. Vielleicht hatte sie Angst vor der Reaktion ihres Mannes, den sie mit leicht geringschätziger Miene beobachtete.
– Sylvia hat mir erklärt, daß Sie Fotograf sind, sagte Villecourt, indem er das Gartentor öffnete und seiner Mutter den Vortritt ließ. Ich werde Ihnen Arbeit geben, wenn Sie es wünschen . . .
Er beehrte mich mit einem breiten Lächeln:
– Wir ziehen ein großes Geschäft auf, ein Freund und ich . . . Und wir brauchen Prospekte und Werbefotos . . .
Sosehr er auch im Ton desjenigen redete, der einem Untergebenen eine Gefälligkeit erweisen will, ich wandte den Blick nicht von dem Armband, das an seinem Handgelenk hing. Wenn das »große Geschäft«, auf das er anspielte, diesem Armband mit den breiten und dicken Kettengliedern glich, worum konnte es dann anders gehen als um irgendeinen Handel mit amerikanischen Autos?
– Er hat es nicht nötig, daß du für ihn Arbeit findest, sagte Sylvia schroff.

Direkt dem Haus gegenüber, auf der anderen Seite der Straße, am Wasser, schob Villecourt eine weiße Schranke beiseite, auf der stand: »Villa Frédéric, Privatponton 14, Promenade des Anglais«.
Seine Mutter wandte sich zu mir um:
– Sie werden einen schönen Blick auf die Marne ha-

ben ... Ich bin sicher, daß Sie Fotos machen werden ...
Wir stiegen einige Stufen hinunter; sie waren in einen Felsen gehauen, der mir wegen seiner roten Farbe künstlich vorkam. Dann gelangten wir auf einen sehr breiten Ponton, der mit einem grünweiß gestreiften Stoffbaldachin bedeckt war. Ein Tisch war für vier Personen gedeckt.
– Setzen Sie sich hierher, sagte Madame Villecourt zu mir.
Und sie wies mir den Platz zu, von dem aus ich die Marne und das andere Ufer sehen konnte. Sie setzte sich zu meiner Linken, Sylvia und ihr Mann je an ein Tischende, Sylvia auf meiner Seite und Frédéric Villecourt auf die Seite seiner Mutter.
Der Mann im weißen Jackett ging zweimal von der Villa zum Ponton, um uns Salate und einen großen kalten Fisch zu bringen. Er schwitzte wegen der Hitze. Villecourt hatte ihm jedesmal gesagt:
– Lassen Sie sich nicht überfahren, Julien, wenn Sie die Promenade des Anglais überqueren.
Aber dieser schenkte dem Rat nicht die mindeste Aufmerksamkeit und entfernte sich schlurfend.
Ich sah mich um. Der Baldachin schützte uns vor der Sonne, deren Licht sich auf dem grünen, stehenden Wasser der Marne spiegelte und sie durchsichtig erscheinen ließ wie neulich, als wir aus dem Beach kamen. Gegenüber die Anhöhe von Chennevières, an deren unterem Ende dicke Häuser aus Mühlsandstein aus dem Grün hervorragten. Ganz am Ufer moderne, schicke Villen. Ich stellte mir vor, daß sie von pensio-

nierten Großmarkthallenprokuristen bewohnt waren.
Der Ponton der Villa Frédéric, auf dem wir, geschützt vor der Sonne, zu Mittag aßen, war unbestritten der größte und luxuriöseste der Umgebung. Selbst der des Restaurants Le Pavillon Bleu zwanzig Meter weiter rechts schien neben ihm recht bescheiden. Ja, der Ponton der Villa Frédéric bildete einen merkwürdigen Kontrast zu dieser Marnelandschaft, den Weiden, dem stehenden Wasser, den Uferböschungen für Angler.
– Gefällt Ihnen der Blick? fragte Madame Villecourt.
– Sehr.
Merkwürdiger Kontrast: es kam mir vor, als speisten wir in einer an den Stadtrand verlegten Enklave der Côte d'Azur, wie jene kalifornischen Milliardäre, die sich mittelalterliche Schlösser Stein für Stein in ihr Land haben liefern lassen. Der Felsen vor dem Ponton erinnerte mich an eine Bucht bei Cassis. Der Baldachin über uns hatte monegassische Größe und hätte auf einem der Fotos von W. Vennemann vorkommen können. Er gemahnte auch an den Lido von Venedig. Mein Eindruck verstärkte sich noch, als ich ein Motorboot bemerkte, das am Ponton vertäut war.
– Gehört es Ihnen? fragte ich Madame Villecourt.
– Nein ... nein ... meinem Sohn. Dieser Dummkopf macht sich einen Spaß daraus, damit auf der Marne zu fahren, was ja verboten ist.
– Seien Sie nicht boshaft, Mama ...
– Jedenfalls, sagte Sylvia, kommt das Motorboot nicht vorwärts wegen des schlammigen Wassers ...

– Du irrst dich, Sylvia, sagte Villecourt.
– Es ist ein richtiger Sumpf ... Wenn man Wasserski fahren will, bleiben die Ski im Schlamm hängen wie in Quecksilber, und man sitzt mitten auf der Marne fest ...
Sie hatte diesen Satz mit schneidender Stimme gesprochen und dabei unverwandt Villecourt angeschaut.
– Du redest dummes Zeug, Sylvia ... Man kann sehr gut Motorboot und Wasserski fahren auf der Marne ...
Er war schwer beleidigt. Offenbar maß er diesem Motorboot große Bedeutung bei. Er wandte sich an mich.
– Sie geht lieber in ihr armseliges Beach, das dabei ist zu verfallen ...
– Aber überhaupt nicht, sagte ich. Das Beach von La Varenne ist nicht dabei zu verfallen, und ich finde, es hat viel Charme.
– Wirklich?
Er musterte uns abwechselnd, Sylvia und mich, als wollte er uns bei Heimlichkeiten überraschen.
– Ja, es ist vollkommen idiotisch, dieses Motorboot, sagte Madame Villecourt. Du solltest dich davon trennen ...
Villecourt antwortete nicht. Er hatte eine Zigarette angezündet. Er schmollte.
– Nun, was haben Sie an Flußbädern in der Gegend gefunden? fragte mich Madame Villecourt.
Die Sonnenreflexe auf dem Wasser ließen sie blinzeln, und sie hatte eine große dunkle Brille aufgesetzt.
– Das ist es doch, was Sie für Ihre Fotos suchen? Flußbäder?

Ihre Löwenmähne, ihre dunkle Brille, der Whisky, den sie zum Essen trank, hätten sie erscheinen lassen können wie eine Amerikanerin in der Sommerfrische von Eden Roc. Aber es war ein Unterschied zwischen ihr und all diesen Côte d'Azur-Accessoires um uns herum: dem Felsen, dem Motorboot und dem Ponton mit seinem Baldachin. Madame Villecourt war im Einklang mit der Marnelandschaft und sie ähnelte ihr. Vielleicht wegen ihrer rauhen Stimme?

– Ja, ich suche Flußbäder, sagte ich.

– Als ich klein war, ging ich an einen Strand da drüben bei Chelles ... Den Strand von Gournay-sur-Marne ... Man nannte ihn »Klein-Deauville« ... Dort gab es Sand und Zelte ...

Sie stammte also aus der Gegend hier.

– Aber das existiert nicht mehr, Mama, sagte Villecourt schulterzuckend.

– Waren Sie dort? fragte mich Madame Villecourt, ohne ihren Sohn zu beachten.

– Noch nicht.

– Ich bin sicher, daß es immer noch existiert, sagte Madame Villecourt.

– Ich auch, sagte Sylvia keck und hielt dem Blick ihres Mannes stand.

– Es gab auch das Strandbad Berretrot in Joinville ..., sagte Madame Villecourt.

Sie überlegte und schickte sich an, die Orte an den Fingern abzuzählen.

– Und Duchet, das Restaurant von Saint-Maurice-Plage ... Ebenfalls in Saint-Maurice die Sandbank der Île Rouge ... Und die Île aux Corbeaux ...

Mit dem Zeigefinger der linken Hand drückte sie nacheinander auf die Finger der rechten Hand.

– Das Hotel-Restaurant am Strand von Maisons-Alfort . . . Das Strandbad von Champigny am Quai Gallieni . . . Das Palm-Beach und der Lido von Chennevières . . . Ich kenne das alles auswendig . . . Ich bin in der Gegend geboren . . .

Sie nahm einen Augenblick ihre dunkle Brille ab und blickte mich freundlich an.

Sie sehen, Sie haben viel zu tun . . . Das ist eine wahrhafte Riviera hier . . .

– Aber all diese Orte existieren nicht mehr, Mama, wiederholte Villecourt mit der Gehässigkeit dessen, auf den man nicht hört.

– Na und? Man darf doch noch träumen, oder nicht?

Diese grobe Art, dem Sohn zu antworten, hat mich überrascht.

– Ja, man darf träumen, wiederholte Sylvia mit heller Stimme, deren etwas schleppende Modulation gut zum Marneufer und all den Stränden paßte, die Madame Villecourt erwähnt hatte.

– Sie können den Diamanten morgen sehen, Mama . . ., sagte Villecourt. Er ist wirklich außergewöhnlich . . . Es wäre idiotisch, die Gelegenheit vorbeigehen zu lassen . . . Er heißt Kreuz des Südens.

Die Ellbogen auf den Tisch gestützt, bemühte er sich immer mehr zu überzeugen. Doch seine Mutter, den Blick hinter ihrer dunklen Brille verborgen, blieb un-

gerührt und machte den Eindruck, als fixierte sie drüben auf der dunkelgrünen Anhöhe von Chennevières einen Punkt.
Sylvia beobachtete mich aus den Augenwinkeln.
– Ich werde ihn Ihnen zeigen. Er hat einen richtigen Stammbaum ... Das ist ein einzigartiges Stück ...
War dieser Junge mit seinem Armband und seinem in der Marne feststeckenden Motorboot Diamanten- oder Edelsteinhändler? Sosehr ich ihn auch beobachtete, ich konnte nicht an seine professionellen Qualitäten glauben.
– Der Verkäufer hat mich vor etwa einer Woche hier besucht, sagte Villecourt. Wenn wir uns nicht sehr schnell entscheiden, wird uns das Geschäft durch die Lappen gehen ...
– Was soll ich denn mit einem Diamanten? sagte Madame Villecourt. Ich bin nicht mehr im Alter, in dem man Diamanten trägt ...
Villecourt lachte laut auf. Er sah Sylvia und mich an, als wollte er uns als Zeugen anrufen.
– Aber Mama, es geht nicht darum, einen Diamanten zu tragen ... Es genügt doch einfach, ihn zu einem sehr guten Preis zu kaufen und für das Doppelte weiterzuverkaufen ...
Diesmal wandte sich Madame Villecourt ihrem Sohn zu und nahm langsam ihre Brille ab.
– Du redest dummes Zeug ... Möbel und Schmuck verkauft man immer mit Verlust ... Mein armer Schatz, ich fürchte, du hast nicht das Zeug zu einem Geschäftsmann ...

Sie hatte in einem zugleich verächtlichen und liebevollen Ton gesprochen.
– Nicht wahr, Sylvia, es wäre besser, Frédéric würde sich nicht mit Edelsteinen beschäftigen? Das ist ein schwieriges Metier, weißt du, mein Schatz ...
Villecourt wurde steif. Es fiel ihm schwer, ruhig zu bleiben. Er drehte sogar den Kopf weg. Und ich sah nicht mehr auf das Armband an seinem Handgelenk, sondern auf dieses funkelnde Motorboot, das sich durch das Verschulden seines Kapitäns in das stehende, schwere Wasser der Marne verirrt hatte.
Ich sagte mir, daß jedes Unternehmen, in das er sich einmischen wollte, jede seiner Gesten, die geringste Initiative von seiner Seite unausweichlich in einem ähnlichen Schlamassel enden mußte. Und er war Sylvias Mann.

Ich hörte Schritte hinter mir, und ein Mann im gleichen Alter wie Villecourt erschien auf dem Ponton. Er war mittelgroß, trug einen beigen Leinenanzug, Wildlederschuhe und hatte sehr tiefliegende kleine Augen und den Dickschädel eines Widders.
– Mama, das ist René Jourdan ...
Villecourt hatte seiner Mutter den Neuankömmling mit einer Mischung aus Respekt und Emphase angekündigt, als wäre der besagte René Jourdan mit den Wildlederschuhen, dem Widderkopf und den leeren Augen eine Persönlichkeit.
– Wer? fragte Madame Villecourt, ohne den Kopf auch nur einen Millimeter zu bewegen.

– René Jourdan, Mama . . .
Dieser reichte Madame Villecourt die Hand.
– Guten Tag, Madame . . .
Doch sie nahm die Hand nicht. Mit ihrer dunklen Brille brachte sie ihm die Gleichgültigkeit eines Blinden entgegen.
Da streckte er Sylvia die Hand hin, die sie ohne viel Überzeugung mit mürrischem Gesicht schüttelte. Dann grüßte er mich mit einer Kopfbewegung.
– René Jourdan . . ., sagte Villecourt. Ein Freund . . .
Er wies ihm den leeren Stuhl vor mir zu. Der Mann nahm Platz.
– Stell dir vor, René, ich habe über den Diamanten gesprochen. Nicht wahr, es ist doch ein prächtiges Stück?
– Prächtig, sagte der und deutete ein Lächeln an, das ebenso leer war wie sein Blick.
Villecourt beugte sich zu seiner Mutter.
– Der Mann, der den Diamanten verkaufen will, ist ein Freund von René Jourdan.
Und er hatte es gesagt, als wäre das eine Referenz, eine Erwähnung im Gotha.
– Ich habe meinem Sohn erklärt, daß ich nicht mehr im Alter bin, in dem man Diamanten trägt.
– Das ist schade, Madame. Ich bin sicher, dieser Diamant hätte es Ihnen angetan . . . Das ist ein historisches Stück . . . Wir haben einen richtigen Stammbaum von ihm . . . Er heißt Kreuz des Südens . . .
– Vertrauen Sie mir, Mama. Wenn Sie mir die Summe geben, dann verspreche ich Ihnen, daß ich beim Wiederverkauf das Doppelte herausholen könnte.

– Mein armer Frédéric ... Und woher kommt er, dieser Diamant? Von einem Einbruch?
Der Mann mit dem Widderkopf stieß ein spitzes Lachen aus.
– Nicht doch, Madame ... Aus einer Erbschaft ... Mein Freund sucht ihn abzustoßen, weil er Bargeld braucht ... Er leitet eine Immobiliengesellschaft in Nizza ... Ich werde Ihnen alle Referenzen angeben ...
– Wir können Ihnen den Stein zeigen, Mama ... Sie müssen ihn mit eigenen Augen sehen, bevor Sie eine Entscheidung treffen ...
– Einverstanden, sagte Madame Villecourt mit müder Stimme. Zeigt mir dieses Kreuz des Südens ...
– Morgen, Mama?
– Morgen.
Sie schüttelte nachdenklich den Kopf.
– Kommst du, René? sagte Villecourt. Wir müssen schauen, wie die Arbeiten vorwärtsgehen ...
Er stand auf und stellte sich vor mich.
– Das wird Sie vielleicht interessieren ... Ich bin dabei, eine kleine Marneinsel hinter Chennevières vollkommen umzugestalten ... Das Terrain gehörte meiner Mutter ... Wir wollen dort ein Schwimmbad und ein Nachtlokal aufmachen ... Aber Sylvia wird Ihnen davon erzählen, sie hat Ihnen ja nichts zu verbergen ...
Er war plötzlich aggressiv. Ich erwiderte nichts. Der Gedanke an seine Wurstfinger auf Sylvias Körper war mir ekelhaft genug, um mich ihrer Berührung nicht auszusetzen, falls wir handgreiflich geworden wären.

Er stieg die Treppe des Pontons hinunter, gefolgt von dem Mann mit den Wildlederschuhen und dem Widderkopf. Dann setzten sie sich nebeneinander in das Motorboot, und Villecourt ließ mit nervösen Handbewegungen den Motor an. Das Motorboot verschwand sehr schnell hinter der Windung von Chennevières, aber das Wasser war zu schwer, als daß es Gischtfontänen hinter sich gelassen hätte.

Madame Villecourt verharrte eine Weile schweigend, dann wandte sie sich an Sylvia:
– Liebling, geh und sage ihm, er möge uns den Kaffee servieren.
– Sofort ...
Sylvia stand auf, und als sie hinter mir vorbeiging, stützte sie flüchtig ihre beiden Hände auf meine Schultern. Nun fragte ich mich, ob sie wiederkommen oder mich für den Rest des Tages mit ihrer Schwiegermutter allein lassen würde.
– Wir könnten uns vielleicht in die Sonne setzen, sagte Madame Villecourt zu mir.
Wir nahmen am Rand des Pontons auf zwei großen, mit blauem Tuch bespannten Sesseln Platz. Sie sagte nichts. Sie sah durch ihre dunkle Brille starr auf das Wasser der Marne. Woran dachte sie? An die Kinder, die einem nicht immer die Befriedigung geben, die man von ihnen erwartet?
– Und Ihre Fotos von La Varenne? fragte sie mich, als wollte sie aus Höflichkeit das Schweigen brechen.
– Das werden Schwarzweißfotos sein, sagte ich.

– Sie haben recht, sie in Schwarzweiß zu machen.
Ich war überrascht von ihrem kategorischen Ton.
– Und wenn Sie sie ganz in Schwarz machen könnten, wäre es noch besser. Ich werde Ihnen etwas erklären ...
Sie zögerte einen Augenblick.
– Diese ganzen Marneufer sind traurige Gegenden ... In der Sonne täuscht es natürlich ... Außer, wenn Sie sie gut kennen ... Sie bringen Unglück ... Mein Mann ist an der Marne bei einem unbegreiflichen Verkehrsunfall umgekommen ... Mein Sohn ist hier geboren und aufgewachsen, und er ist ein Gauner geworden ... Und ich, ich werde ganz allein alt werden in dieser trübseligen Landschaft ...
Sie blieb ruhig, während sie mir das alles anvertraute. Ihr Ton war sogar gelöst.
– Sehen Sie die Dinge nicht zu schwarz? sagte ich.
– Keineswegs ... Ich bin sicher, daß Sie für Atmosphären empfänglich sind und daß Sie mich verstehen ... Machen Sie Ihre Fotos so schwarz wie möglich ...
– Ich werde es versuchen, sagte ich.
– Es war immer schon etwas Schwarzes und Liederliches an diesen Marneufern ... Wissen Sie, mit welchem Geld all diese Villen von La Varenne gebaut worden sind? Mit dem Geld, das die Mädchen im Bordell verdient haben ... Es war der Ort, wohin Zuhälter und Bordellbesitzerinnen sich zurückzogen ... Ich weiß, wovon ich rede ...
Sie schwieg plötzlich. Sie schien über etwas nachzudenken.

– An diesen Marneufern verkehrte immer ein schlechtes Publikum. Vor allem im Krieg ... Ich habe schon von dem armen Aimos gesprochen ... Mein Mann hat ihn sehr gern gehabt ... Aimos wohnte in Chennevières ... Er ist bei der Befreiung von Paris auf den Barrikaden umgekommen ...
Sie schaute immer noch geradeaus, vielleicht auf die Anhöhe von Chennevières, wo dieser Aimos gewohnt hatte.
– Es hat geheißen, er wäre von einer verirrten Kugel getroffen worden ... Das stimmt nicht ... Es war eine Abrechnung ... Wegen gewisser Personen, die im Krieg in Champigny und La Varenne verkehrten ... Er hatte sie gekannt ... Er wußte Dinge über sie ... Er hat ihre Unterhaltungen in den Kneipen des Viertels gehört ...

Sylvia servierte uns den Kaffee. Dann stand Madame Villecourt fast bedauernd auf und gab mir die Hand.
– Es war mir eine Freude, Sie kennenzulernen ...
Sie küßte Sylvia auf die Stirn.
– Ich mache meinen Mittagsschlaf, Liebling ...
Ich begleitete sie bis zu dem roten Felsen, wo die Treppenstufen begannen.
– Ich danke Ihnen für all die Informationen, die Sie mir über das Marneufer gegeben haben, sagte ich.
– Wenn Sie weitere Einzelheiten wissen wollen, kommen Sie mich besuchen. Aber ich bin sicher, daß Sie die Stimmung jetzt haben ... Machen Sie recht schwarze Fotos ... Düstere ...

Sie hatte das letzte Wort mit dem Akzent von Paris und Umgebung ausgesprochen.

– Merkwürdige Frau, sagte ich zu Sylvia.
Wir hatten uns auf die Planken an den Rand des Pontons gesetzt, und sie hatte den Kopf an meine Schulter gelehnt.
– Und ich, findest du, daß ich auch eine merkwürdige Frau bin?
Zum erstenmal duzte sie mich.
Wir blieben dort, wir beide auf diesem Ponton, und folgten mit dem Blick einem Paddelboot, das mitten auf der Marne dahinglitt, dasselbe wie neulich. Das Wasser war nicht mehr stehend, sondern von kleinen Wellen überzogen.
Es war die Strömung, die das Paddelboot trug und es so leicht machte und der langen rhythmischen Bewegung der Ruder ihren Schwung gab, die Strömung, deren Rauschen wir in der Sonne zuhörten.

Allmählich breitete sich der Schatten in meinem Zimmer aus, ohne daß wir es wahrnahmen. Sie sah auf ihre Armbanduhr:
– Ich komme zu spät zum Abendessen. Meine Schwiegermutter und mein Mann werden bereits auf mich warten.
Sie stand auf. Sie drehte das Kopfkissen um und schlug das Bettuch zurück.
– Ich habe einen Ohrring verloren.

Dann zog sie sich vor dem Spiegel des Schrankes an. Sie schlüpfte in ihr grünes Mieder, in ihren roten Leinenrock, der sie in der Taille einschnürte. Sie setzte sich auf den Bettrand und zog ihre Espadrilles an.

– Ich komme vielleicht nachher wieder, wenn sie Karten spielen . . . oder morgen früh . . .

Sie machte leise die Tür hinter sich zu. Ich ging hinaus auf den Balkon und folgte mit den Augen ihrer leichten Gestalt, ihrem roten Rock in der Dämmerung am Quai von La Varenne.

Den ganzen Tag wartete ich auf sie, ausgestreckt auf dem Bett in meinem Zimmer. Durch die Jalousien hindurch zeichnete die Sonne helle Flecken auf die Wände und auf ihre Haut. Unten vor dem Hotel, unter den drei Platanen, setzten dieselben Boulespieler ihre Partien bis spät in die Nacht fort. Wir hörten ihre Stimmen. Sie hatten Glühbirnen an die Bäume gehängt, deren Licht auch durch die Jalousien hereindrang und im Dunkeln noch hellere Strahlen auf die Wände warf als die Sonne. Ihre blauen Augen. Ihr rotes Kleid. Ihr braunes Haar. Später, sehr viel später sind die lebhaften Farben erloschen, und ich habe all das nur noch in Schwarzweiß gesehen – wie Madame Villecourt sagte.

Manchmal konnte sie bis zum nächsten Morgen bleiben. Ihr Mann war auf Geschäftsreise mit dem Mann mit den Wildlederschuhen, dem Widderkopf und den leeren Augen und dem anderen, dem, der den Diamanten verkaufen wollte. Sie kannte ihn nicht, den letzteren, aber in den Gesprächen zwischen Jourdan und ihrem Mann kam sein Name oft vor: ein gewisser Paul.

Eines Nachts fuhr ich aus dem Schlaf hoch. Der Griff meiner Zimmertür wurde gedreht. Ich schloß nie ab für den Fall, daß Sylvia eine Gelegenheit fände, mich zu besuchen. Sie trat ein. Ich tastete nach dem Lichtschalter.

– Nein ... Mach kein Licht ...

Zuerst glaubte ich, sie wolle sich mit der Hand gegen das Licht der Nachttischlampe schützen. Aber sie wollte mir ihr Gesicht verbergen. Ihr Haar war in Unordnung, und quer über ihre Wange ging eine blutende Wunde.

– Mein Mann ...

Sie ließ sich auf den Bettrand fallen. Ich hatte kein Taschentuch, um die Blutstropfen von ihrer Wange zu wischen.

– Ich habe mit meinem Mann gestritten ...

Sie hatte sich neben mich gelegt. Die Wurstfinger von Villecourt, seine kurze dicke Hand, die ihr Gesicht schlug ... Mir war übel bei dem Gedanken.

– Das ist das letzte Mal, daß ich mit ihm streite ... Jetzt gehn wir fort.

– Fortgehn?

– Ja. Du und ich. Ich habe ein Auto unten.

– Aber wohin?

– Schau ... Ich habe den Diamanten genommen ...

Sie faßte mit einer Hand unter ihre Bluse und zeigte mir den Diamanten, der an einer sehr dünnen Kette um ihren Hals hing.

– Damit werden wir keine Geldprobleme haben . . .
Sie nahm die Kette von ihrem Hals und legte ihn mir in die Hand.

– Bewahre ihn auf.

Ich legte ihn auf den Nachttisch. Dieser Diamant machte mir angst wie die blutende Wunde auf ihrer Wange.

– Er gehört jetzt uns, sagte Sylvia.

– Glaubst du wirklich, wir sollen ihn nehmen?

Sie schien mich nicht zu hören.

– Jourdan und der andere werden von meinem Mann Rechenschaft verlangen . . . Sie werden nicht von ihm ablassen, solange er diesen Diamanten nicht zurückgegeben hat . . .

Sie redete leise, als belauschte uns jemand hinter der Tür.

– Und er wird ihn nie zurückgeben können . . . Sie werden es ihn teuer bezahlen lassen . . . Das hat er von seinem schlechten Umgang . . .

Sie hatte ihr Gesicht dem meinen genähert und mir diesen letzten Satz ins Ohr gesagt. Sie sah mir in die Augen.

– Und ich werde Witwe sein . . .

In diesem Augenblick wurden wir von einem nervösen Gelächter geschüttelt. Dann kam sie noch näher heran und machte die Nachttischlampe aus.

Das Auto stand vor dem Hotel unter den Platanen, dort wo die Spieler ihre endlosen Pétanque-Partien verfolgten. Doch sie waren nicht mehr da, und sie hatten die Glühbirnen in den Bäumen ausgeschaltet. Sie wollte fahren. Sie setzte sich ans Steuer und ich mich neben sie. Ein Koffer lag quer auf dem Rücksitz.

Ein letztes Mal folgten wir dem Quai von La Varenne, und in meiner Erinnerung fährt das Auto in Zeitlupe. Ich sah die Pappeln der kleinen Insel mitten in der Marne mit ihrem hohen Gras, ihrem Turngerüst und ihrer Schaukel, zu der wir vor so langer Zeit, bevor das Wasser vergiftet war, hinausgeschwommen sind. Dort drüben, am anderen Ufer, die dunkle Masse der Anhöhe von Chennevières. Ein letztes Mal zogen die Pavillons aus Mühlsandstein, die normannischen Villen, die Chalets, die Bungalows vorüber, die am Anfang des Jahrhunderts vom Geld der Mädchen erbaut worden sind ... Und ihre Gärten, wo man eine Linde gepflanzt hat. Das große Bootshaus des Cercle des Sports de la Marne. Das Tor und der Park des Château des Îles Jochem ...

Bevor wir nach rechts abbogen, ein letztes Mal das Beach von La Varenne, wo alles angefangen hat, sein Sprungturm, seine Badekabinen, seine Pergola im Mondschein, dieses Dekor, das in unserer Kindheit im Sommer so märchenhaft erschien und das in dieser Nacht stumm und für immer verlassen ist.

Von diesem Zeitpunkt unseres Lebens an verspürten wir Angst, ein diffuses Gefühl der Schuld und die Gewißheit, daß wir vor etwas fliehen mußten, ohne genau zu wissen, wovor. Diese Flucht wird uns an sehr verschiedene Orte geführt haben, bevor sie hier in Nizza ihr Ende nimmt.

Wenn Sylvia neben mir lag, konnte ich nicht widerstehen, den Diamanten in die Finger zu nehmen oder ihn zu betrachten, wie er auf ihrer Haut funkelte, und mir zu sagen, daß er uns Unglück bringe. Doch nein. Andere vor uns hatten sich um ihn geschlagen, andere nach uns würden ihn augenblicklang an ihrem Hals und an ihrem Finger behalten, und er würde die Jahrhunderte durchqueren, hart und gleichgültig gegenüber der Zeit, die vergeht, und gegenüber den Toten, die er hinter sich ließ. Nein. Unsere Angst kam nicht von der Berührung dieses kühlen Steins mit den blauen Reflexen, sondern zweifellos vom Leben selbst.

Am Anfang jedoch, gleich nachdem wir La Varenne verlassen hatten, erlebten wir eine kurze Periode der Ruhe und des Wohlbehagens. In La Baule, im August. Wir hatten über eine Agentur der Rue des Lilas ein Zimmer am Rand des Minigolfplatzes gemietet. Bis Mitternacht lullten uns das Stimmengewirr und das Gelächter der Spieler ein. Ohne irgend jemandes Aufmerksamkeit auf uns zu ziehen, tranken wir etwas an einem der Tische unter den Pinien, vor dem Häuschen

mit dem grünen Schieferdach, wo die Schläger und die weißen Golfbälle ausgegeben wurden.
Es war sehr heiß in jenem Sommer, und wir hatten die Gewißheit, daß man uns hier niemals finden würde. Nachmittags folgten wir dem Damm und machten die Stelle des Strandes ausfindig, wo die Menge am dichtesten war. Dann gingen wir an diesen Strand hinunter auf der Suche nach einem ganz kleinen freien Platz, wo wir uns auf unseren Badetüchern ausstrecken konnten. Nie waren wir so glücklich wie in diesen Augenblicken, verloren in der nach Sonnenöl duftenden Menge. Die Kinder um uns bauten ihre Sandburgen, und die fliegenden Händler turnten über die Leiber und boten Eiskrem an. Wir waren wie alle, nichts unterschied uns von den anderen an diesen Sonntagen im August.

Französische Literatur in der edition suhrkamp und in den suhrkamp taschenbüchern

Etel Adnan: Sitt Marie-Rose. Eine libanesische Geschichte. Aus dem Französischen von Eva Moldenhauer. st 1551

Alain: Die Pflicht, glücklich zu sein. Aus dem Französischen übertragen und mit einem Nachwort versehen von Albrecht Fabri. st 859

Yann Andréa: M.D. Aus dem Französischen von Renate Hörisch-Helligrath. es 1364

Samuel Beckett: Der Ausgestoßene. L'Expulsé. The Expelled. Deutsche Übertragung von Elmar Tophoven. Mit Illustrationen von Roswitha Quadflieg. st 1006

– Endspiel. Fin de Partie. Französisch und deutsch. Deutsch von Elmar Tophoven. es 96

– Endspiel. Fin de partie. Endgame. Deutsche Übertragung von Elmar Tophoven. Französische Originalfassung. Englische Übertragung von Samuel Beckett. st 171

– Flötentöne. Französisch und deutsch. Aus dem Französischen von Elmar Tophoven und Karl Krolow. es 1098

– Glückliche Tage. Happy Days. Oh les beaux jours. Deutsche Übertragung von Erika und Elmar Tophoven. Englische Originalfassung. Französische Übertragung von Samuel Beckett. st 248

– Das letzte Band. La dernière bande. Krapp's Last Tape. Deutsche Übertragung von Erika und Elmar Tophoven. Englische Originalfassung. Französische Übertragung von Samuel Beckett. Mit Szenenphotos. st 200

– Mal vu, mal dit. Schlecht gesehen, schlecht gesagt. Französisch und Deutsch. Aus dem Französischen von Elmar Tophoven. es 1119

– Malone stirbt. Roman. Aus dem Französischen von Elmar Tophoven. st 407

– Mercier und Camier. Aus dem Französischen von Elmar Tophoven. st 943

– Molloy. Roman. Deutsch von Erich Franzen. st 229

– Der Namenlose. Roman. Übertragen von Elmar Tophoven, Erika Tophoven und Erich Franzen. st 536

– Warten auf Godot. En attendant Godot. Waiting for Godot. Deutsche Übertragung von Elmar Tophoven. Vorwort von Joachim Kaiser. st 1

– Wie es ist. Deutsch von Elmar Tophoven. st 1262

Pierre Bertaux: Mutation der Menschheit. Zukunft und Lebenssinn. Mit einem Nachwort zur Taschenbuchausgabe 1979. Aus dem Französischen übertragen vom Verfasser und von Heinz Wissmann. st 555

Hector Bianciotti: Das extreme Leben einer unscheinbaren Frau. Roman. Aus dem Französischen von Maria Dessauer. st 1683

109/1/9.89

Französische Literatur in der edition suhrkamp und in den suhrkamp taschenbüchern

Georges Brassens: Ich bitte nicht nach deiner Hand. Chansons. Herausgegeben und aus dem Französischen übersetzt von Peter Blaikner. st 1632

Michel Butor: Paris-Rom oder Die Modifikation. st 89

– Der Zeitplan. Roman. Aus dem Französischen von Helmut Scheffel. st 1687

Edward de Capoulet-Junac: Pallas oder die Heimsuchung. Aus dem Französischen von Willy Thaler. PhB 149. st 1138

E. M. Cioran: Syllogismen der Bitterkeit. (1952). Aus dem Französischen von Kurt Leonhard. st 607

– Die verfehlte Schöpfung. Übersetzt von François Bondy. Das Kapitel »Die neuen Götter« wurde von Elmar Tophoven übersetzt. st 550

– Vom Nachteil, geboren zu sein. Übersetzt von François Bondy. st 549

Marguerite Duras: Blaue Augen, schwarzes Haar. Aus dem Französischen von Maria Dessauer. st 1681

– Eden Cinéma. Aus dem Französischen von Ruth Henry. es 1443

– Ganze Tage in den Bäumen. Erzählung. Deutsch von Elisabeth Schneider. st 1157

– Heiße Küste. Roman. Aus dem Französischen von Georg Goyert. st 1581

– Hiroshima mon amour. Filmnovelle. Deutsch von Walter Maria Guggenheimer. st 112

– La Musica Zwei. Theaterstück. Aus dem Französischen von Simone Werle. es 1408

– Der Lastwagen. Mit einem Gespräch zwischen Marguerite Duras und Michelle Porte. Aus dem Französischen von Jürg Laederach. st 1349

– Der Liebhaber. Aus dem Französischen von Ilma Rakusa. st 1629

– Moderato cantabile. Roman. Aus dem Französischen von Leonharda Gescher und W. M. Guggenheimer. st 1178

– Das Pferdchen von Tarquinia. Roman. In der Übersetzung von Walter M. Guggenheimer. st 1269

– Ein ruhiges Leben. Roman. Deutsch von W. M. Guggenheimer. st 1210

– Sommer 1980. Aus dem Französischen von Ilma Rakusa. es 1205

– Das tägliche Leben. Aus dem Französischen von Ilma Rakusa. es 1508

– Vera Baxter oder Die Atlantikstrände. Aus dem Französischen von Andrea Spingler. es 1389

– Die Verzückung der Lol V. Stein. Deutsch von Katharina Zimmer. st 1079

– Der Vize-Konsul. Roman. Deutsch von W. M. Guggenheimer. st 1017

109/2/9.89

Französische Literatur in der edition suhrkamp und in den suhrkamp taschenbüchern

Marguerite Duras / Michelle Porte: Die Orte der Marguerite Duras. Aus dem Französischen von Justus F. Wittkop. es 1080

Leonor Fini: Der Traumträger. Erzählung. Aus dem Französischen von Gerhard Weber. st 1450

Gisèle Freund: Drei Tage mit James Joyce. Fotografiert von Gisèle Freund. Mit einem Vorwort von Philippe Sollers. Aus dem Französischen von Franz-Heinrich Hackel. st 929

Georges-Arthur Goldschmidt: Der Spiegeltag. Roman. Aus dem Französischen von Peter Handke. st 1685

Lucien Malson: Die wilden Kinder. Aus dem Französischen von Eva Moldenhauer. st 55

Victor Margueritte: Die Aussteigerin. Roman. Aus dem Französischen von Joseph Chapiro. Mit einem Nachwort von Ursula Krienes. st 1616

Guy de Maupassant: Die Totenhand. Und andere phantastische Erzählungen. Herausgegeben von Kalju Kirde. PhB 134. st 1040

Patrick Modiano: Die Gasse der dunklen Läden. Roman. Aus dem Französischen von Gerhard Heller. st 1521

– Pariser Trilogie. Abendgesellschaft. Außenbezirke. Familienstammbuch. Drei Romane. st 1686

– Villa Triste. Roman. Aus dem Französischen von Walter Schürenberg. st 1584

Molière: Drei Stücke. Deutsch von Tankred Dorst. st 486

Robert Pinget: Apokryph. Aus dem Französischen von Gerda Scheffel. es 1139

Marcel Proust: Auf der Suche nach der verlorenen Zeit. 10 Bände in Kassette. Aus dem Französischen von Eva Rechel-Mertens. suhrkamp taschenbücher

– Auf der Suche nach der verlorenen Zeit. Erster Teil: In Swanns Welt. st 644

– Zweiter Teil: Im Schatten junger Mädchenblüte. 2 Bde. Deutsch von Eva Rechel-Mertens. st 702

– Dritter Teil: Die Welt der Guermantes. 2 Bde. Deutsch von Eva Rechel-Mertens. st 754

– Vierter Teil: Sodom und Gomorra. 2 Bde. Deutsch von Eva Rechel-Mertens. st 822

– Fünfter Teil: Die Gefangene. Deutsch von Eva Rechel-Mertens. st 886

– Sechster Teil: Die Entflohene. Deutsch von Eva Rechel-Mertens. st 918

– Siebter Teil: Die wiedergefundene Zeit. Deutsch von Eva Rechel-Mertens. st 988

109/3/9.89

Französische Literatur
in der edition suhrkamp und
in den suhrkamp taschenbüchern

Marcel Proust: Briefe zum Leben. 2 Bde. Ausgewählt und aus dem Französischen übersetzt von Uwe Daube. st 464
– Briefe zum Werk. Ausgewählt und herausgegeben von Walter Boehlich. Deutsch von Wolfgang A. Peters. st 404
– Der Gleichgültige. Erzählung in zwei Sprachen. In der Übersetzung von Elisabeth Borchers. st 1004
– Jean Santeuil. 2 Bde. Deutsch von Eva Rechel-Mertens. st 1084

Yann Queffélec: Barbarische Hochzeit. Roman. Aus dem Französischen von Andrea Spingler. st 1682

Raymond Queneau: Zazie in der Metro. Aus dem Französischen von Eugen Helmlé. st 1598

Jean Ray: Malpertuis. Phantastischer Roman. Deutsch von Rein A. Zondergeld. Nachwort von Jörg Krichbaum. PhB 165. st 1223
– Das Storchenhaus. Phantastische Erzählungen. Ausgewählt von Kalju Kirde. Aus dem Französischen von Hilde Linnert. PhB 182. st 1299

Maurice Renard: Die blaue Gefahr. Roman. Aus dem Französischen von G. Kurtz, unter Benutzung der Übertragung von M. Karlweis. PhB 225. st 1596

Alain Robbe-Grillet: Der wiederkehrende Spiegel. Aus dem Französischen von Andrea Spingler. st 1684

Christiane Rochefort: Frühling für Anfänger. Roman. Aus dem Französischen von Eugen Helmlé. st 532
– Kinder unserer Zeit. Roman. Aus dem Französischen von Walter Maria Guggenheimer. st 487
– Mein Mann hat immer recht. Roman. Deutsch von Walter Maria Guggenheimer. st 428
– Eine Rose für Morrison. Roman. Aus dem Französischen von Eugen Helmlé. st 575
– Das Ruhekissen. Roman. Aus dem Französischen von Ernst Sander. st 379
– Die Welt ist wie zwei Pferde. Aus dem Französischen von Eugen Helmlé. st 1244
– Zum Glück gehts dem Sommer entgegen. Roman. Aus dem Französischen von Eugen Helmlé. st 523

Jorge Semprun: Algarabía oder Die neuen Geheinmisse von Paris. Roman. Aus dem Französischen von Traugott König und Christine Delory-Momberger. st 1669
– Die große Reise. Roman. Aus dem Französischen von Abelle Christaller nach der Originalausgabe. st 744

109/4/9.89

Französische Literatur
in der edition suhrkamp und
in den suhrkamp taschenbüchern

Jorge Semprun: Was für ein schöner Sonntag. Aus dem Französischen von Johannes Piron. st 972

– Yves Montand: Das Leben geht weiter. Aus dem Französischen von Uli Aumüller. st 1279

– Der zweite Tod des Ramón Mercader. Roman. Aus dem Französischen von Gundl Steinmetz. st 564

Simone Weil: Fabriktagebuch und andere Schriften zum Industriesystem. Aus dem Französischen übersetzt und mit einer Einleitung versehen von Heinz Abosch. es 940

109/5/9.89

Lateinamerikanische Literatur in der edition suhrkamp und in den suhrkamp taschenbüchern

»Imagination, Sensibilität, Liebenswürdigkeit, Sinnlichkeit, Melancholie, eine gewisse Religiosität und ein gwisser Stoizismus gegenüber dem Leben und dem Tode, ein tiefes Gefühl für das Jenseitige und ein nicht weniger ausgeprägter Sinn für das Hier und Jetzt … Lateinamerika ist eine Kultur.« Octavio Paz

Ciro Alegría: Die hungrigen Hunde. Roman. Deutsch von Wolfgang A. Luchting. Mit einem Nachwort von Walter Boehlich. st 447

Isabel Allende: Das Geisterhaus. Roman. Aus dem Spanischen von Anneliese Botond. st 1676

Reinaldo Arenas: Wahnwitzige Welt. Ein Abenteuerroman. Aus dem Spanischen von Monika López. st 1350

José María Arguedas: Die tiefen Flüsse. Roman. Aus dem Spanischen von Suzanne Heintz. st 588

Miguel Barnet: Alle träumten von Cuba. Die Lebensgeschichte eines galicischen Auswanderers. Roman. Aus dem Spanischen von Anneliese Botond. st 1577

Der Cimarrón. Die Lebensgeschichte eines entflohenen Negersklaven aus Cuba, von ihm selbst erzählt. Nach Tonbandaufnahmen herausgegeben von Miguel Barnet. st 346

– Das Lied der Rahel. Mit einem Nachwort von Miguel Barnet. Aus dem Spanischen von Wilhelm Plackmeyer. st 966

Adolfo Bioy Casares: Die fremde Dienerin. Phantastische Erzählungen. Aus dem Spanischen von Joachim A. Frank. PhB 113. st 962

– Liebesgeschichten. Aus dem Spanischen von René Strien. st 1701

– Morels Erfindung. Roman. Mit einem Nachwort von Jorge Luis Borges. Aus dem Spanischen von Karl August Horst. PhB 106. st 939

– Schlaf in der Sonne. Roman. Aus dem Spanischen von Joachim A. Frank. st 691

– Der Traum der Helden. Roman. Aus dem Spanischen von Joachim A. Frank. st 1185

Augusto Boal: Theater der Unterdrückten. Übungen und Spiele für Schauspieler und Nicht-Schauspieler. Aus dem Brasilianischen von Henry Thorau und Marina Spinu. es 1361

Ignácio de Loyola Brandão: Kein Land wie dieses. Aufzeichnungen aus der Zukunft. Aus dem brasilianischen Portugiesisch von Ray-Güde Mertin. es 1236

– Null. Prähistorischer Roman. Aus dem Brasilianischen und mit einem Nachwort von Curt Meyer-Clason. st 777

Brasilianische Literatur. Herausgegeben von Michi Strausfeld. stm. st 2024

112/1/9.89

Lateinamerikanische Literatur in der edition suhrkamp und in den suhrkamp taschenbüchern

Héctor Pérez Brignioli: Mittelamerika. Aus dem Spanischen von Willi Zurbrüggen. es 1449

Guillermo Cabrera Infante: Drei traurige Tiger. Roman. Aus dem kubanischen Spanisch von Wilfried Böhringer. st 1714

Alejo Carpentier: Explosion in der Kathedrale. Roman. Aus dem Spanischen von Hermann Stiehl. st 370

– Die Harfe und der Schatten. Roman. Aus dem Spanischen von Anneliese Botond. st 1024

– Krieg der Zeit. Sieben Erzählungen und ein Roman. Aus dem Spanischen von Anneliese Botond. st 552

– Stegreif und Kunstgriffe. Essays zur Literatur, Musik und Architektur in Lateinamerika. Aus dem Spanischen von Anneliese Botond. es 1033

– Die verlorenen Spuren. Roman. Aus dem Spanischen von Anneliese Botond. st 808

José Cândido de Carvalho: Der Oberst und der Werwolf. Roman. Aus dem Brasilianischen von Curt Meyer-Clason. st 1092

Gregorio Condori Mamani: »Sie wollen nur, daß man ihnen dient ...« Autobiographie. Aus dem Spanischen von Karin Schmidt. es 1230

Julio Cortázar: Album für Manuel. Roman. Aus dem Spanischen von Heidrun Adler. st 936

– Alle lieben Glenda. Erzählungen. Aus dem Spanischen von Rudolf Wittkopf. st 1576

– Bestiarium. Erzählungen. Aus dem Spanischen von Rudolf Wittkopf. st 543

– Ende des Spiels. Erzählungen. Aus dem Spanischen von Wolfgang Promies. st 373

– Das Feuer aller Feuer. Erzählungen. Aus dem Spanischen von Fritz Rudolf Fries. st 298

– Die geheimen Waffen. Erzählungen. Aus dem Spanischen von Rudolf Wittkopf. st 672

– Letzte Runde. Aus dem Spanischen von Rudolf Wittkopf. es 1140

– Das Observatorium. Aus dem Spanischen von Rudolf Wittkopf. Mit Fotos von Julio Cortázar unter Mitarbeit von Antonio Gálvez. es 1527

– Oktaeder. Erzählungen. Aus dem Spanischen von Rudolf Wittkopf. st 1295

– Passatwinde. Erzählungen. Aus dem Spanischen von Rudolf Wittkopf. st 1370

– Rayuela. Himmel und Hölle. Roman. Aus dem argentinischen Spanisch von Fritz Rudolf Fries. st 1462

112/2/9.89

Lateinamerikanische Literatur in der edition suhrkamp und in den suhrkamp taschenbüchern

Julio Cortázar: Reise um den Tag in 80 Welten. Aus dem Spanischen von Rudolf Wittkopf. es 1045

Der Frauenheld. Geschichten der Liebe aus Lateinamerika. Herausgegeben und mit einem Nachwort versehen von Michi Strausfeld. st 1296

Carlos Fuentes: Nichts als das Leben. Roman. Deutsch von Christa Wegen. st 343

Fernando Gabeira: Die Guerilleros sind müde. Aus dem brasilianischen Portugiesisch übersetzt und herausgegeben von Henry Thorau und Marina Spinu. Nachwort von Hans Füchtner. st 737

Rómulo Gallegos: Canaima. Roman. Aus dem Spanischen übertragen von Doris Deinhard. st 1639

Elena Garro: Erinnerungen an die Zukunft. Roman. Aus dem mexikanischen Spanisch von Konrad Schrögendorfer. Mit einem Nachwort von Michi Strausfeld. st 1647

Oswaldo França Junior: Jorge, der Brasilianer. Roman. Aus dem brasilianischen Portugiesisch von Inés Koebel. es 1571

Lateinamerikaner über Europa. Herausgegeben von Curt Meyer-Clason. es 1428

Lateinamerikanische Literatur. Herausgegeben von Michi Strausfeld. stm. st 2041

José Lezama Lima: Die amerikanische Ausdruckswelt. Aus dem kubanischen Spanisch von Gerhard Poppenberg. es 1457

– Paradiso. Roman. Aus dem Spanischen von Curt Meyer-Clason unter Mitwirkung von Anneliese Botond. st 1005

Osman Lins: Die Königin der Kerker Griechenlands. Roman. Aus dem brasilianischen Portugiesisch von Marianne Jolowicz. st 1431

Clarice Lispector: Die Passion nach G.H. Roman. Aus dem brasilianischen Portugiesisch von Christiane Schrübbers und Sarita Brandt. st 1724

Pablo Neruda: Liebesbriefe an Albertina Rosa. Zusammengestellt, eingeleitet und mit Anmerkungen versehen von Sergio Fernández Larrain. Aus dem Spanischen von Curt Meyer-Clason. st 829

Juan Carlos Onetti: Das kurze Leben. Roman. Aus dem Spanischen von Curt Meyer-Clason. st 661

– So traurig wie sie. Erzählungen. Aus dem Spanischen von Wilhelm Muster. st 1601

Octavio Paz: Essays I/II. 2 Bände. Aus dem Spanischen von Carl Heupel und Rudolf Wittkopf. st 1036

112/3/9.89

112/4/9.89

Lateinamerikanische Literatur in der edition suhrkamp und in den suhrkamp taschenbüchern

Manuel Scorza: Trommelwirbel für Rancas. Eine Ballade, die davon erzählt, was geschah – zehn Jahre bevor Oberst Marruecos den zweiten Friedhof von Chinche gründete. Aus dem Spanischen von Wilhelm Plackmeyer. st 584

Osvaldo Soriano: Das Autogramm. Roman. Aus dem Spanischen von Volker Klotsch. st 1252

– Traurig, einsam und endgültig. Auf den Spuren von Laurel und Hardy in Hollywood. Roman. Aus dem Spanischen von Heidrun Adler. st 928

Antônio Torres: Diese Erde. Aus dem brasilianischen Portugiesisch übertragen und mit einem Nachwort versehen von Ray-Güde Mertin. es 1382

Dalton Trevisan: Ehekrieg. Erzählungen. Aus dem brasilianischen Portugiesisch von Georg Rudolf Lind. es 1041

Mario Vargas Llosa: Gegen Wind und Wellen. Literatur und Politik. Aus dem Spanischen von Elke Wehr. es 1513

– Gespräch in der Kathedrale. Roman. Deutsch von Wolfgang A. Luchting. st 1015

– Das grüne Haus. Roman. Deutsch von Wolfgang A. Luchting. st 342

– Der Hauptmann und sein Frauenbataillon. Roman. Aus dem Spanischen von Heidrun Adler. st 959

– Der Krieg am Ende der Welt. Roman. Aus dem Spanischen von Anneliese Botond. st 1343

– La Chunga. Ein Stück. Aus dem Spanischen von Dagmar Ploetz. es 1555

– Maytas Geschichte. Roman. Aus dem Spanischen von Elke Wehr. st 1605

– Die Stadt und die Hunde. Roman. Aus dem Spanischen von Wolfgang A. Luchting. st 622

– Tante Julia und der Kunstschreiber. Roman. Aus den Spanischen von Heidrun Adler. st 1520

112/5/9.89